寻找一个有苦难的天堂

刘墉 著

中国出版集团 现代出版社

图书在版编目（CIP）数据
寻找一个有苦难的天堂 /（美）刘墉著. —北京：现代出版社，2018.9
ISBN 978-7-5143-6888-8

Ⅰ. ①寻… Ⅱ. ①刘… Ⅲ. ①散文集—美国—现代
Ⅳ. ①I712.65
中国版本图书馆CIP数据核字(2018)第170425号

寻找一个有苦难的天堂

作　　者：【美】刘　墉
责任编辑：申　晶
出版发行：现代出版社
地　　址：北京市安定门外安华里504号
邮政编码：100011
电　　话：010-64267325　64245264（传真）
网　　址：www.1980xd.com
电子邮箱：xiandai@cnpitc.com.cn
印　　刷：三河市国英印刷有限公司

开　　本：880mm×1230mm　1/32　　印　　张：6.875
版　　次：2018年9月第1版　　印　　次：2018年9月第1次印刷
书　　号：ISBN 978-7-5143-6888-8
字　　数：92千
定　　价：29.80元

目录

寻找爱情

寻找婚姻

寻找黄昏

寻找人生

后记

自序

回味起来，
即使是童年被打进医院的耳光，都很美。
它使我把一盏灯，看成一片灯海。

寻找一个有苦难的天堂

“地狱，何必等死了之后？我今生就看到了地狱。”一位因为非洲国家内乱而撤馆的外交官对我说，“满地的尸体，腐烂、发臭，没有人收；上游泡着尸首，下游就一群难民舀水喝，喝了、病了，又死在河里。不敢喝水的人，就喝稀泥，喝了也是死。”他深深叹口气，“你没亲眼见到，一定不能相信，那真是人间的地狱。”又摇摇头，泛着泪光，“可是就有人不愿上天堂，宁愿留在地狱。”

“谁？”我问。

“我的非洲女仆。我说可以带她到美国，她起先很兴奋，但是接着问能不能带孩子。她有五个孩子。我说按规定，不能带，带她已经不错了。她居然想都不想，就说她不要走。我说：‘你自己知道，我们撤馆之后，你活不了多久，为什么不走？’她不听，说孩子不走，她就不走。”又叹口气，“我真不懂！我真不懂！”

“有什么不懂呢？”我淡淡地说，“如果今天有一架飞碟停在你院子里，下来一个外星人，对你说：‘来！跟我走，你就可以活一千年，天天过好日子，无忧又无虑，只是你不能带你的家人。’请问，你去不去？”

“不去。”他很肯定。

“那几乎可以算是天堂哟！”我逗他，“有四季不凋之花，终年芳香之果，还有千年的寿命。”

“我还是不去。丢下我的太太、孩子，永生又有什么意思？”

“这就对了。你不是也一样，没有选择天堂，而留在这个叫你烦心的人间吗？你不是才跟老婆吵过架，又才骂过儿子，说要把他赶出去吗？你为什么还选择留下来？”

人过中年，就会想到死，想到死了之后会去哪里，也常读这方面的书。

有的书上说，死只是一道栅栏，你从这边走向那边，先看到一片青青的草地，再看到城市，好多人在盖房子，大家都工作，你也得工作，跟今生没什么不同。

也有书上说，死了就是不再有形体，你飘游在万古时空之中，不再有喜、不再有悲，那是永远永远的快乐。

还有书上写，你可得小心死，当你死了，悬在空中，会看到各种不同的景象，听到各种召唤，你要好好选择，否则就堕入了“畜生道”。

当然对于死后的天堂，极乐、净土、彼岸、地狱、中阴与来生，更有各种说法。似乎大多数人都向往那永生喜乐无比的天堂。我以前也一样，只是最近我常想，什么叫作永永远远的快乐呢？如果永远快乐，没有忧愁，又怎么觉得快乐？

宗教界的朋友听我说，总会骂我灵性不够、悟道不足。

可是他们也无法告诉我，什么是永永远远的快乐。如果快乐的今天之后还是快乐,快乐得没有尽头,又有什么“永生的意义”。

我承认自己确实悟道不足。譬如我就不能了解弘一大师，最起码我不了解弘一出家后，当他的妻子千里迢迢地去找他，他为什么不见。

如果是我，我会见。

对！见了之后，可能就丢不开情爱、舍不下情缘，而不能再退隐清修，但是如同那非洲的女仆，我也不能搁下我的爱、我的家。

❧

十多年来，我总是四海漂泊，每次离开家，看女儿哭成个泪人，我也都哭，常一路擦着眼泪去机场。

我常想，像我这样总是别离的人，为了减少对自己的伤害，最好把情放淡一些，如果不爱，就不会伤心。

但是我也想，不爱、不伤心了，人生还有什么意思?

如果我们不再爱父母，当然可以不再为他们的年老凋零而感叹；如果我们不再爱伴侣，当然不会为他们的背叛而发狂；如果我们不再爱生命，当然不会留恋今生；如果我们把今生过得生不如死，当然不会畏惧死亡。

上天创造我们，只为要我们日夜颂赞他吗？我们把他看得太差了！他无所不能，要整个宇宙颂赞他都成。他会那么爱被奉承吗？如果你是父母亲，你生孩子，只是为了要他天天颂赞你吗？

我认为上天创造我们，是要我们再去创造，并且享受他所创造的世界。我们感谢他、颂赞他最好的方法，就是“载欣载奔地投入这个世界，快快乐乐过一生”。

当然有快乐，就有忧愁。如同有相聚就有别离、有允诺就有负担。但这忧愁、别离和负担，正带来快乐、相聚与圆满。

我也常想，幸亏人会死。

畏惧死，才有宗教；知道死，才会尊重生命；珍视生命才会把握光阴；把握光阴，才能有更大的成就。

如果没有死，明天后面还有明天，就什么事都不急了；

如果没有死，旧的不去，新生就没什么喜悦了；如果没有别离，相聚的时光就不再可贵了。

我甚至感谢自己的漂泊与别离，觉得它们丰富了我的人生，也维系了我的情感。总有失的伤痛，也总有重逢的欣喜。

我很欣赏《少年维特的烦恼》里，夏绿蒂说的："家庭生活虽然绝不是天国，但总是一种难以形容的快乐泉源。"

我也欣赏张爱玲说的：

"苍凉之所以有更深长的回味，就因为它像葱绿配桃红，是一种参差的对照。"

从小到大，我确实经历了许多华丽与哀愁。

最近有一天，我提到自己九岁丧父，我那八十九岁的老母突然纠正我："其实细算算，你是八岁死了爸爸。"

我说："为什么过去四十年，我说九岁丧父，你都不纠正，一直等到今天？"

她说："以前你已经够可怜了，我干吗还告诉你早一年，让你更伤心。至于现在，你如意了，说说也无妨。”

我的女儿马上就八岁了，我常看着她想：“天哪！八岁，多小！我居然能记得那么多父亲的画面。”又有些惊心地想，“我可得好好保重，别让我的孩子那么悲凉。”

许多老同学，或意外，或生病，已经离开了人世。最近一个远房亲戚的女儿，正值青春好年华，却突然得了红斑狼疮症，住进医院一个多月，还未能清醒。

每次听到这样的不幸，都很心悸。怕自己也有同样的遭遇。但是人生在世，谁能预测未来呢?

我常自忖，我这么注意身体，如果也像父亲，天不假年，我是要气愤地说“我这样小心，还得了绝症，老天真没有眼睛”，还是该心平气和地想“我这么小心，还得了绝症”，也就没话说了?

过去我总认为历史是最真实的，现在才知道，连当世的人，都不清楚的事，历史又怎么可能真实?过去我也崇拜李白、杜甫、王维、苏轼，这许多名士，现在才发现他们如果不是出生在个读书的家庭，当了官、掌了权、出了名，就算有天大的才气，只怕也庸碌一生。所以无论历史或社会，都不公平。人生的遭遇，本来就不公平。

过去我总说“好心有好报”，劝人行善，“图个善报”。现在我改了，说：“为什么要图报？善事本来就该做。如果有个孩子跑在你前面，摔倒了，你把他扶起来。你会因为心想‘善有善报、为善最乐’而去做，还是当然该做？”

既然人生的遭遇、历史的定位和世俗的毁誉，都无足计，这世间的许多“法”，也就只是个框框。真正的“法”应该在心里。

如果我做什么事，都能不负我心，就算有了坏的遭遇，又有什么可在乎？如同我注意身体，还得病，也便没有遗憾。

这就是我的人生观——

“不负我心，不负我生。”

我的女儿常看“一休和尚”的卡通影片。大家也似乎都知道一休是个非常机智的小和尚。

其实一休成年之后，是很受争议的人。他的禅诗非常狂放而艳丽，尤其他所说的“佛界易入，魔界难入”，更被许多人批评。我常深思他的这两句话,终于了解没有“魔界”就难有“佛界”,佛界往往要透过对魔界的突破与顿悟，才能进入。如同有苦难才有快乐，有战争才有和平。

我很欣赏川端康成评论一休和尚所说的——

“他向当时的宗教形式反抗，欲使因战争崩溃的人心，重新确立存在的意义，并使木然的生命得以复活。”

想起《浮士德与魔鬼》中的那句:“我有入世的胆量，下界的苦难，我要一概承担。”

这不正是经过“魔界”，而得到“佛”的境界吗?

将近五十年了，超乎大家想象的，我经历了许多心灵的苦难。在这可悲中如果说还有些可喜的话，应该是我很少怨，觉得事情过了之后，回味起来，即使是童年，被打进医院的耳光，都很美。

它使我把一盏灯看成一片灯海。

记得最近我到马来西亚义讲，旅途最劳顿的时候，主办单位的一位朋友问我："您后不后悔？"我当时一怔，说："有什么好后悔？是我自己要来的。对！我是可以待在纽约，享受最美的春天，但那种幸福让我不安，我难道就要这样没有变化地幸福下去吗？"我回问她："你悔不悔？来这一生，这苦难的一生？"

我们怎么知道过了一生？

因为我们记得小学时挨的板子、中学时差点儿淹死、大学时差点儿病死、失恋时差点儿跳楼、工作时差点儿气死……

我们丰富地过一生，不是因为有太大的享乐，而是由于有许多苦难，这些苦难在我们的挣扎下，都过去了，且从记忆中升华，成为一种"泰然"。

我很平凡，悟道不足、灵性极差。

我居然想，如果有天堂，我宁愿寻找一个——

有苦难的天堂！

寻找一个有苦难的天堂

▶ 人的情感有与生俱来的，也有后天习得的。

▶ 我是独子，不知道兄弟姐妹的感情，也从小被教育得有些重男轻女。直到女儿诞生、岳父母来住，从儿子、女儿和“婆家”“娘家”的相处中，才感受了什么是“手足”、什么是“女儿”。

▶ 我常感叹在成长的过程中，没有手足为伴；也常羡慕女儿，有那么一个疼她的大哥哥。

▶ 我不再重男轻女，不但常强调“婆家、娘家都是父母”，甚至对女儿说：“将来爸爸妈妈也像公公婆婆一样，跟你住好不好？”

寻找童年

▶ 中年得女的情怀，毕竟与青年得子不同。我常暗暗算，当我女儿到我这个年龄时，我已经将近九十。我从不认为自己能长寿，于是有“孩子是为孩子自己，以及为这个世界生的”感觉，进一步觉得“别人的孩子也可以是自己的孩子”。

▶ 我爱这世上的每个孩子，包括那些没出生的孩子。今年我立定心愿，要捐一笔钱帮助未婚妈妈，让她们肚子里的生命能活下来。

▶ 我知道自己登不上火星，我要这些孩子为我登上火星。在这种情怀下，我写了以下五篇以“选择孩子”为主题的文章。

弯腰跳的华尔兹

她会跪在我的床前哭。

她会蹲在我的墓前，为我的花瓶插上鲜花。

她会坐在我的坟前，想我们过往的岁月。

她会躺着、睡着、梦着，

梦到我带她跳过的这曲华尔兹。

看林肯中心的歌剧转播，男女主角翩翩起舞，音乐奏的居然是我常带女儿跳舞的那曲华尔兹。

我不会跳舞，大概只在谈恋爱时，跟妻参加学校舞会，跳过一两曲。

我对音乐也不内行，带女儿跳，不是放音乐，而是随便哼我熟悉的旋律。

现在，电视里居然奏出这首曲子，赶紧把在旁做功课的女儿拉起来："快！这是我们跳舞的音乐。"

才两个月没跳，她居然又长高了。记得以前，她

还是小奶娃的时候，我总把她抱在怀里，一边搂着、一边拉着她的小手跳，虽叫“跳舞”，实际她的脚根本没碰地。

这两年，她可以自己跳了。但因为矮，我只能站着，拉着她的手指尖，让她左一圈、右一圈，好像个陀螺在打转。

“电视里是搂着腰跳的！”女儿居然盯着银幕，对我说，“不是光拉手！”

我只好弯下腰来，左边牵着手、右边搂着她的腰，一步一颠地跟着她跳。那歌剧里的舞曲还真长，跳下来，直喘气。

“爹地很差。”女儿说。

“不是爹地差，是你太小，又要爹地搂你的腰，弯着身子，很累！”

“我很快就会长得跟你一样高，你就不累了！”

“爹地还会累，因为爹地就老了。”

女儿上床睡了，过去弯下身子亲亲她，发觉刚才这一舞，真还有点伤了腰。

走回客厅，有些黯然。瞥见酒柜上放着的，女儿小时候的照片，感慨良多。

觉得生命真奇妙——似乎就在重复着“躺、坐、蹲、跪、站”的动作。

孩子出生的时候，我常躺在床上逗她。

然后，她会爬了，我总坐在走廊的另一头，叫她爬到身边。

当她开始走路，我又改坐为蹲，蹲着搂她，再把她抱起来，举到空中，发出一连串咯咯的笑声。

她上幼儿园时，妻还在工作，每天很早出门，由我伺候小鬼起床，我总是跪着，为她穿衣服、扣扣子、亲一亲，再送去吃早饭。

现在，我则弯着腰，忍着背痛，陪她跳舞。想，跳着跳着，她长高、长大、谈了恋爱，等她能让我站着带她跳的时候，她也就跳进了别人的怀抱。

之后，她有了她的家、她的孩子，只怕难得回来。

回来时，或许我躺着，她站着，站在我的病床边。

最后，我走了，永远离开她。

或许：

她会如我现在，每天晚上睡前亲她一样，弯下腰，亲亲我，说那句我对她说过千百次的话：“好好睡吧！”

她会跪在我的床前哭。

她会蹲在我的墓前，为我的花瓶插上鲜花。

她会坐在我的坟前，想我们过往的岁月。

她会躺着，睡着、梦着，梦到我带她跳过的这曲华尔兹。

疼疼我们的孩子吧！

一位义工接到十八岁女生的电话，
说她刚刚在家生了个小孩。
父母天天忙，不知道她怀孕，
现在家里没人……

看晚场电影，出来已经十一点半了。

戏院旁有许多电玩店，一个六七岁的孩子正坐在路边，聚精会神地对着银幕“开枪”，一没打中，就狠狠地摇头、叹气。

“小弟弟，为什么这么晚还不回家啊？”我爱管闲事的毛病又犯了，“你爸爸、妈妈在家会着急的。”

小孩子没回头，却指了指旁边不远处，一个正激烈应战、猛按钮的女人，说：“我妈妈！”

一位从师专毕业不久的学生，哭丧着脸对我说：

“我刚去教书的时候，发现好多学生，根本不做功课，他们一定是没人管，跑出去玩得很晚。我就每天晚上十点左右，打电话给这些学生的家长，要他们注意孩子，是不是还没回家？”叹口气，“但是连打几天，我不打了。”

“为什么？”我追问。

“因为接电话的全是学生，他们的父母都还没回家。”

打开电视，正讨论青少年问题。

一位中学老师面无表情地说：

“我发现一个学生抽烟，就去找他的家长。进门，学生的爸爸很客气地请我坐，又打开烟罐，要请我抽烟。正好烟没了，他急着上上下下掏口袋，口袋里也没烟。他突然抬起头，喊他的儿子，说‘你的烟拿来，请老师抽’。”

老师苦笑了一下，说：“我只好敷衍两句，什么也没谈，匆匆忙忙告辞，好像丢盔弃甲、落荒而逃。”

❧

接到台北市基督徒救世会的通讯，有篇文章的标题是“生产惊魂记”——

一位义工接到一个十八岁女生求救的电话，说她刚刚在家生了个小孩。父母天天忙，不知道她怀孕，现在家里没人，妹妹又还没放学，她只好先用剪刀剪断了脐带，把小孩用衬衫包起来，只是流血不止。

义工急着问地址，要报119，女生却极力阻止，说：“邻居知道了，会告诉我爸妈，我就完了……”

义工只好自己跑去，救回奄奄一息的女生和初生的婴儿。

❧

回到纽约没几天，早上打开《世界日报》，看到一则触目惊心的标题——

“举起小女儿撞门柱，台湾留学生被起诉。”

新闻是美联社由得州发出的，说一位正在路易斯安那州立大学读博士的台湾留学生，涉及杀害新生女儿未遂案，被收押。

据目击者说，当时看到“他”抓住十个月大的女儿，“像棒球棒一样”打击门柱。

目击者把小女孩抢救下来，但孩子已经受伤。

新闻中，最令人不解的是：“休斯顿检察官希琪说，由于语言障碍，以及所谓中国文化‘父权至上和女童生命可以牺牲’的观念，本案可能复杂化。”

❧

放下报纸，眼前浮上许多孩子。

他们都有被保护、被疼爱的权利，只是，这个仿佛进步的社会，愈来愈把他们遗忘。甚至在他们正需要学习是非的童年时期，就承担了大人的罪恶；且在幼小的心灵上，留下创伤。

我永远不会忘记，以前在波士顿通讯上看到的一则新闻——

当警方冲进一栋公寓搜索毒品的时候，没有大人在家，只有一个九岁的小女孩应门，她飞快地冲进卧室，抱着毒品到厕所，打算把毒品冲掉。

警察过去阻止，她两岁的妹妹尖叫着跑上前，踢警察的腿。另有一个才周岁的弟弟在睡觉。

多年来，我常想起这则新闻，发觉在那么多血淋淋的社会新闻中，它居然成为我印象最深的一则。

总想起那个九岁女孩对警察哭诉的画面，说母亲的男朋友教她这么做。也记得警察事后说："那女孩似乎知道她拿着的毒品是非法的；而她对失去毒品，比面对警察还害怕……"

我常看着我的小女儿弹琴，想那个波士顿女孩的遭遇。

如果有一天，在音乐厅里，一位青年女钢琴家获得满场掌声时，外面正有个贩毒的年轻女子被抓。我们要骂后者天生坏坯子，还是该怪她的父母？

当我们为每个死刑犯的电椅通电之前，当我们论断每个人的成功与失败之前，是不是都该静静地想想？

找一个没有白马的王子

朱丽叶保守吗?

笑话!

十四岁的小丫头,

前一天跟罗密欧认识,

第二天就约好去结婚了!

女儿过七岁生日，老奶奶居然买了一只绒布做的小白马，送给她：

“来！奶奶送你一匹白马，祝你早早找到白马王子。”

我听了觉得怪怪的，笑说：

“您这是什么意思啊？教我女儿早早嫁了，而且自己准备白马？”

“是啊！这有什么错？”八十九岁的老人家，居然理直气壮，“不要老脑筋！这年头，能找个穷王子，就不错了，白马可以由你这个老丈人提供啊！儿女的婚事，别挡着，挡也挡不住。想想以前的廖妈妈，就知道了。”

提起廖妈妈，已经是近四十年前的事，在我们的小教会里，廖太太是无人不知的，因为只要翻开《圣经》，第一页就写着廖太太奉献。

廖太太家里有钱，奉献多，声音也大。但是自从女儿嫁了个穷小子，廖太太反对不成，脱离母女关系之后，就很少来教会了。

我当时不过十岁，常想不通，那么虔诚的教徒，总是祷告“赦免我们的债，如同我们免人的债”，为什么连自己女儿都不能赦免呢？

何况，女儿又没错。

天下父母心，大概都差不多。

在美国教书的时候，有一位教授，对同事有礼貌、对学生有爱心。可是据说，他的女儿不跟娘家来往。

“是不是女婿怪？”有一天我跟秘书打听。

“不是！他女婿虽然有钱，可是很随和。是他女儿怪。”

秘书做个很奇怪的表情："也可以说，他是罪有应得。"

原来他女儿先爱上他的一个穷学生，硬被他拆散。后来虽然嫁了这个有钱的丈夫，却赌气，不跟父母往来，意思是："你们不是希望我找有钱的吗？现在有了，对你们来说，跟没有，又有什么不同？"

诚如我一位老同学说的——

"女儿大了，邻居那些原来很可爱的小男孩，就都变得让我起疑。"

我也一样——

有一次去听音乐会，女高音演唱歌剧《强尼斯基基》中的"我亲爱的爸爸"。

歌词是：

"我亲爱的爸爸：那青年英俊美丽，我愿跟他到罗萨港，买一对结婚戒指。让我们去吧！你如不答应，我就到维克桥上，跳到河水里。我多痛苦、多悲伤，天哪！

我宁愿死！爸爸，我求求你。”

曲调早忘了，那歌词却留在心上，每想起，都一惊：“天哪！我可得小心了，哪天女儿要结婚，千万别拦着，不然，她就可能去投水。”

又有一回，去意大利的维罗纳（VerOna），跟着导游，进入一个大宅院。一栋石造的三层楼房，墙上爬满常春藤。许多女孩子缴钱上楼，站在阳台上拍照。

“她们站的阳台，就是以前朱丽叶约会罗密欧的地方。”导游说，又指指庭园一角的一尊铜像，“看！那就是朱丽叶像。”

铜像已经生锈，只有“双峰”光可鉴人，原来是被摸得发亮。许多男士正争先恐后地爬上去摸朱丽叶的乳房。据说单身汉，能因此求得好姻缘。

“真没德行！”我开玩笑地说，“朱丽叶那么保守的女孩，被这么摸。”

导游居然一笑：

“朱丽叶保守吗？笑话！十四岁的小丫头，前一天跟罗密欧认识，当天晚上幽会，第二天就约好去结婚了！”又看看我，“如果是你女儿，你不气疯？”

古今中外，相信这种被气疯的父母一定不少。

看到伊甸社会福利基金会编的《与真情相遇》，其中一篇，写一位台东布依族的残障青年白光胜，和他同学李丽雪相恋的故事。

一场激烈的家庭战争，是可以想见的。虽然白光胜在交往的四年当中，每年元旦都陪女友回基隆的家。但是每次在车站打电话回去，女孩子的父母都拒绝见面。

第三年，总算见了，还只是在外面的咖啡厅里。

女方的父母当场露出绝望的表情。但是白光胜说：

“我可以放弃，但如果您女儿不愿放弃，我就绝不会放弃。”

婚礼上，李丽雪的父亲没出现。新娘则在婚后跟着丈夫，到台东的深山传教。

第二年，岳父看到有关女婿的新闻报道，开始对朋友说:“丽雪就是嫁给那个白牧师。”

第三年，岳父母从基隆送去了冰箱、电话和轿车。

女儿的小白马，就放在客厅的窗前。

小白马有着蓬松的鬃毛和尾巴，还配了一个黄色丝缎的马鞍。

我常走到窗前，看这匹小白马，想想八十九岁老母的那番话——

“找个王子，王子穷，没关系！老丈人送匹白马给他，就成了白马王子！”

我想，如果有一天女儿要结婚。

只要那男孩子有抱负、有能力，而且深深爱我女儿。即使他穷，我也会同意。

我会邀集所有的亲朋好友参加婚礼，而且牵一匹最俊的白马去。然后,在泪眼中看那男孩把我女儿抱上马背，让她搂着他的腰，奔向他们的世界。

我会告诉自己和老伴：

看！我们的女儿，找到了一个白马王子。

各人养的各人爱

我仿佛看见在夕阳中
明明暗暗的小巷子里，
一个慈爱的母亲，
抱起她脑性麻痹的孩子……

陪女儿去学溜冰，更衣室里一片壮观的景象。几十个六七岁的娃娃坐在椅子上，每个娃娃面前跪着一位妈妈或爸爸。

冰鞋硬，怕磨破脚，先得为孩子多穿一双袜子，再把鞋带拉松，让小脚丫伸进去，然后用力推，看脚完全穿到了鞋子里，再慢慢地把鞋带弯过来绕过去，绑紧了。

“非绑紧不可，否则小脚丫在里头动来动去，容易伤到脚踝。”妻一面绑，一边说，“又不能太紧，会不舒服。”

跟着一群娃娃进场了。每位父母都陪着孩子走到入口，看孩子踏上冰，唰一声，头也不回地溜到场子的另一端。好像电影里见到的南极企鹅，在大企鹅的簇拥下，小企鹅一一从冰崖跳进水里，开始它们第一次的优游。

音乐起了，奏的是《粉红豹》。一群娃娃跟着老师，随着节拍向前滑。虽然已经不是最初级，许多孩子还是会摔跤。

每次摔，便听见场边一声惊呼。想当然那不是他爸爸，就是他妈妈。

孩子穿得很少，爸妈穿得很厚。但是孩子在动，不觉得冷，那些旁观的父母可就个个冻得直发抖了。

虽然离场子不远的休息室里，有热咖啡，还有几组沙发，围着熊熊的火炉，却不见一个父母躲进去。他们守着，因为随时都有摔痛了的孩子，会扑到场边父母的怀中哭。哭一阵，笑了，又溜进场子。

下课了，我最先出来，站在门口，看里面涌出的人群。孩子们因为运动，红扑扑的脸上，露出兴奋的笑。旁边站的父母，鼻子冻得红红的，眼睛里则是亮亮的——因为太冷，而冻出了眼泪。至于膝盖上，都是灰灰白白的——因为跪在地上为孩子脱鞋。

“我女儿今天摔了三跤。”一个爸爸说。

“真的啊！我没看到！倒是我儿子摔惨了，摔了五次呢！”

每个人都说得出自己孩子摔了几次。因为，每一跤，都摔在父母的心上。

复活节快到了，为女儿买了一个大大的兔子布偶。长长的耳朵、圆圆的眼睛、粉红色的鼻子，还穿着裙子和裤子。

小丫头爱极了，不但夜里抱着睡，还抓着兔子的“手”，教它写字。写完字，把这大兔子放在一边，又找来许多小的布偶坐在对面，中间放本图画书，意思是大兔子已经升格——做了老师。

女儿去上学，来了个带小孩的朋友。四岁的娃娃什么都不爱，偏偏看上这只大兔子。哭！不肯走。

“送你好了！”我说，话才出口，就暗想“糟糕”，那朋友倒不客气，立刻叫孩子说谢谢，高高兴兴，抱着兔子走了。

“怎么办？”我问妻。

“凉拌！谁让你穷大方，看你怎么跟女儿交代。”

眼前浮现出一个惊天动地的画面。我赶紧请妻开车，去原来那家店，又买了只一模一样的大兔子。

小鬼放学了，扔下书包，就去抱兔子。先对着它说话，又坐在沙发上搂着亲。

突然叫了起来，把兔子左翻翻、右翻翻，扔在一边喊：“这不是我的兔子。”

“是啊！”我装作惊讶的样子。

“不是！”小丫头吼，“我的兔子手上破了一点，头后面还有一块巧克力弄脏的地方。”

“这个没破、没脏，不是更好吗？”

“我要破的、脏的！”小丫头居然大哭了起来，“我要我的贝比！”

于是，我们不得不再冲出门，拿新兔子去朋友家，换回旧兔子。

朋友的小孩也哭了，说比较脏的，才是她的兔子。

想起儿子在启智中心当义工的时候，每天傍晚都要跟着校车，送残障的孩子回家。

“那些父母好怪，当他们把孩子接过去的时候，会露出很不好意思的表情，好像觉得有残障孩子是丢人的事。”儿子刚去的时候，在电话里对我说。

可是隔了一阵，他改口，说他错了：

“我发现那些父母把孩子接过，转身走进巷子，跟着就把孩子抱起来，又搂、又亲。有些孩子总在流口水、流鼻涕，他的父母就对着那口水、鼻涕亲。”

北方乡下有句土话：“一畦萝卜一畦菜，各人养的各

人爱。”

看女儿寻回她那既有破绽又有脏斑的兔子时兴奋的模样，看溜冰场边瞪大眼睛盯着子女，每次孩子摔倒就发出惊呼的父母，都让我想起这句北方的土话。

还有那台南乡间，残障孩子的双亲。

我仿佛看见，在夕阳中，明明暗暗的小巷子里，一个慈爱的母亲，抱起她脑性麻痹的孩子，又搂、又亲，亲在口水上、鼻涕上……

那一点都不脏，那很美！

谁说女儿是人家的?

她每天都得背弟弟，
有一次弟弟被蚊子咬了好多包。
她的爸爸抱着弟弟用藤条抽她。
“不要打了！不要打了！”她趴在地上哀求……

小时候，我家对门住了一位著名的书法家，我至今不知道他的名字，但相信他一定非常有名，因为连我不怎么收藏书画的父亲，都特别托人到香港买宣纸，又备了份厚礼，送去请“大师”挥毫。

记得有一天，大师的孙子和孙女，趁家里没人，叫我过去玩，还带我参观老爷爷的书房。

大师的孙子又跑又跳地冲进书房，我也追了进去，却见那小女生跑着跑着，突然在门前停下来。

“你为什么不进来？”我问她。

小女生没答话，摇摇头。

“不要管她。”小男生喊着，“她是女生，不能进来。我爷爷会打她！”

我诧异极了，想不通为什么孙女不能进爷爷的书房。

初中的时候，有一次开小学同学会，大家去阳明山，下山时看见一辆手推车放在路边，两支“推杠”斜斜地靠在地上。

我们这批正值最顽皮年龄的男生，用跳低栏的方式，一蹦一蹦地跳过那“两根棍子”。

女生觉得很有意思，也跟着跳。

突然，有人发出一声怒叱：“死女小鬼！不要乱跳！”

我又怔住了，为什么男女生都跳，那人却只骂女生呢？

隔了不久，有一天我在台北中山堂附近的“文化走廊”逛书摊。那时的书摊很简陋，只是铺一大块布，再堆些书上去。

人很挤，我绕过一个又一个摊子，有时候甚至是用跳的，跳过地摊的角落。

突然听到个粗粗的男人的声音:“死丫头,你怎么站的! ”

一个十五六岁的女孩，不解地看着那个骂她的男人。

“还不把脚拿开？”男人又吼过来。

原来只因为她的两只脚，正好站在地摊角落的两边。她的胯下对着的，没有书，只是那块摊子布的一个角落。

又过一年，我上了成功中学，每天穿过金山街的违建区去上学。那里的巷子很窄，许多居民从两侧房檐拉上绳子，晾衣服。

我有位同学，总是一边走，一面往上看，避过所有女人的裤子。有时候看到一串裤子，全是女人的，竟然要绕道而行。

“为什么这样？”我问他。

“你怎么连这个都不懂？”他面色严肃地回答，“从女人裤子底下走，会倒霉！”

“谁告诉你的？”

“我妈！”

许多年后，我做了电视记者，有一次去韩国采访。

在釜山的餐馆，跟位女记者吃饭。

穿着韩国长裙的女侍，送来一碗面，没等我表示，就放在我的面前。

我赶紧把面端起来，放在对面女生的前面。突然，那已经转身要走开的女侍，好像触电一样，又回来把面端回我的位置。

我至今都无法忘记，那女侍两只手不停地挥，不断说“NO！ NO！ NO！ NO！”的表情，好像我要女生先吃，是犯了多大的忌讳。

❧

最近读台北女权会策划的《消失中的台湾阿妈》，勾起我的这些记忆。

多么感伤！看书里一位又一位阿妈，走过大半个人生，吃了许多苦、吞了多少泪。她们得到什么？

她们好像只是藤蔓，攀在父亲和丈夫的身上。父亲死，就得辍学。丈夫死，就生计无着。即算父亲不死，在父亲眼里，这些“女孩子”，也常是别人的人，甚至早早就送出去，给别人做“媳妇仔”。

至于祖父，更甭提了。书中第一段故事，客家女诗人杜潘芳格就说：

“我是长孙女，所以一心一意想得到祖父欢心，但是他都不看我，他是封建时代的人，重男轻女，认为女孩子将来是姓别人家的姓……”

我停下来，想“他都不看我”这句话，仿佛见到一个狠心的老人，从可爱的小女生身边走过，却连眼角余光，都不曾往下看。也想起一位女士对我说的，她小时候每天都得背弟弟，有一次弟弟被蚊子咬了好多包。她的爸爸抱着弟弟，用藤条抽她。

“不要打了！不要打了！”她趴在地上哀求。

我连听她叙述，都几乎掉下眼泪。我的心里在喊：“难道女儿就不是人吗？为什么过去对男孩和女孩，有这么不平等？”

何止过去？现在又真平等了吗？

今天早上翻开报，看到一则短文，说有百分之八十的华人父母，把产业传给儿子，而不传给女儿。

“这是真的吗？”我打电话，问了好几个朋友。

“当然是真的！女儿是人家的人，嫁出的女儿，泼出的水。”

“是真的！因为女儿在出嫁的时候，已经拿了嫁妆，要给女儿的，那时候都给了。”

“不全是真的！女儿也常会分到一点，意思意思，不像儿子那么多，毕竟儿子姓自己的姓。”

其中最引人深思的，是说：

“每一家都是女儿分得少，儿子分得多。也可以说，每一家的丈夫都继承了父母较多的财产，太太继承的较少。这样平均起来，不就公平了吗？换句话说，如果只有一家，分给儿女的一样多，反而造成了不公平。”

于是，我也就渐渐能了解，为什么中国人的父母，常跟着儿子，不跟着女儿。既然一开始就把女儿当外人，分给女儿的产业也少，自然不好意思跟女儿。

只是大家有没有想想，过去农业时代适用的方式，今天是否还适用呢？就算可以施行，它又合不合人性？

女儿出嫁之后，如果孩子病了，自己组成小家庭的她，比较会向婆婆，还是自己的妈妈求援？

婆婆和自己的妈妈比起来，谁会有更大的意愿，来帮助这求援的孩子？

一个是帮媳妇，那个抢了她儿子的女人；一个是帮女儿，自己生育的骨肉。

如果是你，你挑谁?

我的一位朋友说得好——

“要我岳母帮忙很容易，你不要直接请岳母做，只要当着岳母，叫太太做。如果工作太重，岳母疼女儿，自然会帮忙。”

这也使我想起一位老先生说的话——

“我病了，拉屎拉尿，都在床上，连洗澡，都得人帮忙。儿子不会做，也不愿意做，只好求媳妇。多不好意思啊！”说到这儿，老先生叹口气，“有时候女儿来，帮帮我，毕竟是自己养大的孩子，就不会那么不好意思……”

怪不得，美国人有一种房子，上下两层，各有卧室、厨房和大门，却又在里面相通。

这房子的名字很特殊，叫“母女屋”。

为什么不叫“母子屋”呢?

我不打算说儿子、女儿，谁好。也不能建议大家跟着哪一方住。毕竟传统的习惯，能造成“一致性的公平”。

但我常望着自己女儿，心想，“你将来会是别人的人吗？你从出生，就不属于任何人，就是你自己，你永远是你，也永远是我女儿”。

我的母亲、岳父、岳母，都跟我同住。我常对一家人说：“这是大家的家，儿子、女儿一样好！”

我的母亲以前有点重男轻女，孙女刚出生时，她看娃娃在哭，也不管，只摇摇头：“我老了！管不了了！”

后来，娃娃对她笑。老人家开心了，说：

“嘿！奶奶这么老、这么丑，你还对奶奶笑，表示奶奶还能多活几年。”然后一大早，小丫头就被岳母抱进奶奶房间，二老一起照顾。

最近，老奶奶更想通了一件事，有一天对小丫头说：

“听说不是美国出生的，不能当美国总统，你哥哥是没希望了。看你了！好好加油，为咱们家争口气，当他个美国总统！”

看吧！谁说女儿是人家的人？

寻找一个有苦难的天堂

▶ 我有一个小盒子，里面装了初中时女朋友写给我的信和高中时女生骂我的文章。我常想我老婆是不是也有这么一个小盒子，偷偷藏在屋子的某个角落。

▶ 就算没这么一个小盒子，我相信每个人心里，也都会有个小小的角落，用来藏他们年轻时的浪漫与遐想。

▶ 我们都是踏着这样的浪漫与遐想过来的，也幸亏有这些多滋味的情趣，使我们能经历那许多考试、恶补，还生机活泼地长大。

▶ 浪漫与遐想如同睡眠与梦，让我们艰苦的白日获得舒缓。

▶ 从小到大，我往我的小盒子里塞进不少东西，它们都像我夹在书里的花瓣，在数十年后的某一天翻阅时，不经意地飘落，

寻找爱情

捡起来，看看是什么花，想想是怎么夹的，且重新小心地放回书页中，等待另一个偶然。

▶ 那些信的主人，都是我永远的朋友，没有七情六欲，却有着一种“凄清”与“流韵”。我相信她们都在这地球的某个角落，她们可能在看到我的文章时，猜想“那”是她的影子。她们也可能某日打开自己的小盒子，读我少年的文字，骂一句：“呸！这信写得多烂，没想到你会成为作家！”

▶ 爱情就是这样，它可能光华耀眼地来，无声无息地去。它无所谓美与丑、甜与苦，更无所谓对与错。它只是生活的一部分，非常重要的一部分。我把这些感觉写出来，成为下面五篇以“寻找爱情”为主题的文章。

当你心碎的时候

失恋就像出水痘，
宁可早出，病情轻。
可别晚出，
愈大愈心碎。

中学二年级，当我代表学校参加演讲比赛的时候，认识了我的第一个女朋友。

她长什么样子，读哪个学校，我早忘了。却一直记得她那一手娟秀的字。因为在比赛时我们交换了地址，成了笔友。

在那之前，我几乎不曾写过信，所以给她的每一封信，都是精雕细琢、咬文嚼字写成的。倒是她的信，像行云流水，那么自然。一直到今天，我成了所谓的作家，在记忆中，还觉得她的文笔比我强。

也记得等信的滋味。每天放学先跑去开信箱，见不到信，就用奇怪的眼光看我娘，猜是不是被她藏了起来。

通了一阵信，那女生给我电话，要我打去。可是当我怦怦心跳地拨通，传来的却是个凶巴巴的男声。没等我把话说完，就挂了。

从此，没再接到她的信，每天盼望、每天失望。虽然三十多年过去，我仍然能感到那种苦涩的、酸酸的感觉。

但是，当我回顾过去的半生，却发觉那位只见过一面的小女生，居然扮演着一个关键的角色。

因为，从那“失落”的一刻，我开始有了吟风弄月的感触。虽然因为脸皮嫩，没再写信给她，但是，我开始自己写给自己。如果问我文学创作从何时开始,我应该说：

“从我失恋的那一刻！”

我绝对相信失恋是可以激发潜能的。因我不但从自己身上，更由后来教的学生身上，再证明了这件事。

在美国教画的时候，我发现，如果一个日常表现平凡的学生，作品中突然显现特别的“光彩”，一下子色彩加重了、笔触变豪放了，多半都是新谈了恋爱。

然后，教室门外开始有口哨声，有女生的高跟鞋咔咔咔响，一下子停止，却不见人进来。

然后，里面就有个坐立不安的女生或男生，在打铃时，飞快地冲出去。

然后，有了特别爱溜课的人。

然后……

突然，那学生又出现了，且画得更久、更细、更有力、更深入。

我知道——他（她）又失恋了。

如果说金钱是伤害艺术家的毒药，那么失恋绝对是伟大作品的催化剂。如果恋爱是甜蜜的葡萄，失恋很可能是使那甜蜜发酵的细菌。

甜蜜被破坏了，甘醇被酝酿了。

柴可夫斯基最著名的《罗密欧与朱丽叶》序曲，是在未婚妻黛莉希·阿朵离他而去，且嫁给另一个男人，他最痛苦时写成的。

歌德的不朽之作《少年维特的烦恼》，是在他的恋人夏绿蒂跟别人订婚之后写成的。

连乐圣贝多芬的遗物中，都出现一封充满激情、愤懑与痴心的“未寄出的信”。

我常想，那位被贝多芬称为“永恒的恋人”的女子，会不会正是他一生创作的“原动力”？如果他们真结合了，还会有那许多“蕴藏着说不出的情思”的作品产生吗？

我也常想，宋代才女李清照，要不是丈夫赵明诚早早死了、再嫁的丈夫张汝舟又伤了她的心，恐怕大不了写出“人比黄花瘦”之类的闺秀之作，岂能有后来“篷舟吹取三山去”的波澜壮阔？

记得我儿子在纽约朱丽叶音乐院学钢琴的时候，我老觉得他的琴音中似乎少了点什么。

有一天，他拍着钢琴瞪着我说："你知道吗？我的老师艾司纳讲了，我现在怎么弹也不可能弹得深入，因为我还没失恋过！"

不久之后，他果然交了要好的女朋友。每次半夜醒来，试着拿起电话，都可以听见他们的声音。

他的钢琴却弹得更差了，因为急着约会、急着打电话。他对父母的态度也时好时坏，因为他的情绪得看对方的反应。

我跟太太开始担心，不是怕他恋爱，而是怕他失恋。

倒是我的同事说得好：

"失恋就像出水痘，宁可早出，病情轻。可别晚出，愈大愈心碎。"

最近看报，一个二十一岁的男生跳楼死了，他那二十八岁的女朋友也追随而逝。我就想，会不会这"失恋的水痘"，出得嫌晚，而心碎得厉害呢？

只是，歌德、柴可夫斯基、贝多芬……这世上有多少男女，不但没被失恋击垮，反而能把那种“椎心的痛”，变作“幽幽的伤”,最后化作“美丽的哀愁”和不朽的作品。为什么这些年轻人，却那么看不开?

人若不能学着咀嚼失恋的痛，并在悲苦中升华，就很难触及情感中最深的层次。

人若不能欣赏悲剧的美，就很难承受沉重的生命。

人生本来就以“生的喜剧”开始，“死的悲剧”结束。我们来到这个世界，所学的，就是在悲剧前面演喜剧，甚至把悲剧看成喜剧。

如果每个“心碎的人”，都能想想这个，想想“身体发肤受之父母”，想想世界多么大、天多么宽。如果每个失恋想死的人，都能停一停、想一想、忍一忍，这世界说不定会多几个贝多芬和歌德。

自从我的儿子进大学，我就很少听他弹琴了。

最近有一天，他跟我冲突了两句。我正坐着生气，却听他开始弹琴，弹的是歌剧《猫》的主题曲 *MEMORY*。

“你是因为知道我喜欢这首曲子，想让我高兴？还是想借音乐吐吐闷气？”我问他。

“我只是想到艾司纳老师生前的话。”他说。

许久没听他弹了，看得出，这首曲子他也好久没练了。

只是，他让我有了从没有的感动。

不知这段时间，他是不是失恋了……

美女爱野兽

这年头，我真搞不懂吔！
香的、甜的都不要，
非要挑个烂的，
烂的有味儿啊！

“我最近头大极了。”一位老朋友对我说，“有个小混混追我女儿，总在门外站岗。”

“你女儿不是早有要好的男朋友吗？”

“是啊！有时候男孩子送她回家，还碰上那小混混。”

“打起来了？”

“怎么会？我女儿的男朋友是何等学历、何等家世？”他居然面露得色，“他才不会跟那小混混一般见识呢！还很有风度地过去，跟那小混混握握手！只是那小混混愈来愈不像话了，明明知道我女儿跟男朋友在家，还在外面唱歌、吹口哨，吹到男孩子走，都不停。”

“哪天教你女儿的男朋友留下来、过一夜，看他还吹不吹！”我促狭地说。

“这不可能，那男孩子的家教严得很，别说过夜了，我看哪！两年了，他们到现在都还是君子之交。”他笑笑，“我就佩服他这一点，尊重我们家的丫头，绝不乱来。”

隔几个月，又碰到这位老朋友。

“小混混走了吗？”我问。

“没走，进家了！”

“进家了？”我一惊。

“我女儿爱上小混混，原来的男朋友走了。”他叹口气，“这年头，我真搞不懂吔！香的、甜的都不要，非要挑个烂的。”

我没说话，旁边别的朋友搭腔了：

“烂的有味儿啊！”

❧

无巧不巧，另一位朋友的儿子，居然也演出了这么一出好戏——

“我原来都打算娶儿媳妇了，结果半路杀出个程咬金。”老同学说，“你永远搞不清年轻人在想什么。他（指他儿子）原来那个女朋友，又漂亮、又文静，总陪着他一块儿看书、看电视，已经变成我们一家人了。怎么想到，我儿子有一天夜里开车，正下大雨，看见个女孩子躺在路边，把女孩子送去了医院……”

“然后两个人好了。”我说，“小说题材！”

“是啊！”朋友一瞪眼，“要是好人家的女孩，也罢了，偏偏，唉！甭提了，我真气呀！也真为我儿子原来的女朋友伤心，我跟她说：不要哭！我儿子不是东西，不要也罢，你做我干女儿，将来他要是敢娶那个屁货，我就不认他，认你这个女儿。”

接着我离开台湾，有一天越洋接到那朋友电话，问我什么时候回去，又支支吾吾一下，说要请我喝喜酒，还请我当介绍人。

“介绍人，介绍谁？”我问。

电话那边安静了好几秒钟，又干咳两声：

“不瞒你说，我儿子还是跟那个他救的女孩子好了。其实那女孩子也不错，挺大方，还抢着洗碗、收拾房间。这年头，父母只有点头的份，他看上，他喜欢，就成了。”

记得大学时代，有个家世好，又非常有才气的女生对我说：

“你知道吗？我最欣赏的是《国王与我》当中国王那种男人。突然，冷不防，把女孩子狠狠搂过来，吻下去……”

记得卜少夫在回忆新闻界的名人，以前“中央社”社长魏景蒙的时候，曾经写过：

“魏景蒙一生来往的女人，除掉他最早正式结婚的那一位外，其他，差不多我都熟识或知道，我很奇怪，她们大多数来自风尘，或复杂环境中具有多样性的英雄。三爷（指魏）书香世家出身，幼年教育也很完整，深受儒家思想浸润，何以在男女关系上，却不受传统礼教束缚，而不恤人言作多次突破，研究他的性格，始知道他天生有同情弱女子的宿根，他的恋爱以怜爱的成分为多……”（见《魏景蒙的小鬼》文）

记得我儿子，在我和妻一致赞美某家的女儿时，用一种很奇怪的语气说：

“我也认为她很好，可是就因为你们说，我反而不约她了，我交朋友，为什么还要听你们的？”

也记得在生物电影上看到——

圣地亚哥外海的一个小岛上，六十年前放养了一批猴子，最近发现，岛上原有的母猴子，居然宁愿跟这批外来的“社会阶层”低的公猴交配。连基因检验，都证实了受孕的多半是“外来者”的后代。

更记得有一回，应企业界朋友的邀请，在某大饭店的贵宾厅，跟他的一批老朋友聚餐。

“都是身价最少十亿的。”主人介绍，又笑笑，“也都是以前曾经穷得没裤子穿的人物。”

那些企业家，有的风度翩翩、十分儒雅，也有些不改当年的“粗口”。

他们的妻子，都不错。

我细细看，听朋友小声地在耳边，为我一一介绍“她们”的出身。“这个是医生的女儿，弹一手好钢琴，当年叛变离家，跟了她老公。”“那个是某酒家的小姐，看不出吧！大概世面见得广，应对得体，还挺能做生意。”“那边那个，不用我介绍，你就该认识了……”

我后来常想：

自古美人爱英雄，而英雄常出身草莽。是不是英雄具有的那种侵犯力、爆发力、创造力、叛逆性、爽朗性和特殊的领导气质，往往能吸引女性。

也是否正因为英雄有了美人，在美人的激励下，更能打出一片江山？

我也常想：

蔡文姬、鱼玄机、武则天，哪个没有奇特的遭遇和个性？是因为她们的特殊，吸引了男人，抑或因为男人的青睐，创造了她们的不凡。

以前，我很不了解我的邻居，太太是小学校长，丈夫是卡车司机，是怎样的姻缘，使他们结合。

现在，当我太太对我说：

“你知道吗？女儿钢琴老师是金发碧眼的模特儿，更是皇后学院音乐系毕业的高才生。她先生却是个做粗工的……”

我只是笑笑，说：

“这世间一切的结合，都有它们的道理，都有上天的美意。”

筷子拿得远的人

看！
明天他会站起身、甩甩头发，
在一群亲友的注视下，
走向机舱，
走向他向往的世界。

三小姨子夫妇到家里做客，吃饭的时候，母亲盯着她的手说：

“筷子拿这么远，怪不得要嫁到那么远去。”

我那荷兰人的连襟，也跟着一笑，用流利的中文打趣：“我的筷子也拿这么远，怪不得会娶到中国太太。”

从我记事，就常见母亲对那些拿筷子位置很高的女孩子说“将来准会嫁得远远的”这类话。似乎一方面说给女孩的父母听：“你们这女儿不中留，养大就飞了，而且飞得很远。”一方面说给女孩听：“将来嫁出去，只怕难得再见父母几面，能孝顺，赶快好好孝顺父母。”

母亲倒也有她的道理：

“女孩筷子拿得远，表示从小就喜欢夹远处的菜，而且，拿得那么靠后，手一定有力气，这种个性和力量，就让她能高飞。这年头，能高飞的没有不飞的。翅膀一硬，就非飞不可。”

大概受母亲影响，我也总是注意女生拿筷子的方法。记得有一次去韩国采访亚洲影展，跟一群女明星一起吃饭，我开玩笑地对其中一位说："你拿筷子拿得这么远，将来一定嫁得远。"

同桌另一位女明星居然很不平地说：

"我才会嫁得远呢！算命的说我将来不是嫁到地球的另一边，就是嫁给离婚的男人。"

我一直搞不懂，"嫁得很远"和"嫁给离婚的男人"之间，到底有什么关系。更想不通，她说话的神情，为什么是十分得意的样子，表示她叛逆，还是表示她的翅膀硬，能高飞?

只知道，那女生果然书读到一半，就挥挥手，不带走一片云彩地嫁去了美国。

想起三毛，也是这样。文化大学念一半，突然想离开台湾，而且要跑得愈远愈好。说是为了自己的个性，不希望把男朋友缠死，所以躲开。离开台湾之后，却跟爱得死去活来的男朋友断了消息，而且立刻有了新世界、新朋友。

读三毛的《闹学记》中陈伯父写的序言，说三毛离开台湾时，大家去送，三毛居然直直地走向机舱，不曾回头。我吓一跳，心想:“将来我女儿大了，会不会也这样，突然想飞，就飞了？”

儿子最近已经让我有了这种感受——

暑假前，我打电话去哈佛，对儿子说：

“在学校好好练网球，回来可以做我的对手。”

他停了两秒钟，居然淡淡地说：

“爸爸！今年暑假我想在曼哈顿租间房子，住在外面。”

我愣住了，告诉妻，她也愣住了。告诉全家，全家都愣住了。

结果，在全家无声的抗议下，他没去曼哈顿住，去了更远的北极圈。

我常想，每个人心中会不会有种与生俱来的力量，推着我们离开家，而且离得愈远愈好。

也记得自己在少年时代，读六朝“乐府”名家鲍照的传略，说他幼年时就有大志，认为大丈夫志在四方，岂能死守乡里，蕴藏了自己的智能，“使兰艾莫辨，终自碌碌无闻，与燕雀相随乎？”

从那时，我就常想：什么叫鸿鹄之志？岂可与燕子和麻雀相随一生？我甚至曾经自己告诉自己，男人可以“爱家”，但不能“恋家”，恋家的难有大成就。

如此说来，我又怎能怪自己的儿子想要远走高飞呢？

曾看过一部报道北极狼群的影片。

小狼诞生了，寸步不离地跟着母狼。长大些，则扑来咬去地跟妈妈玩耍。一家狼，温馨极了！

渐渐地，小狼长成了大狼。

有一天，突然在妈妈身边跑着跑着，跑离了家，跑不见了影子。

母狼站在高处，看了看，转身，低着头回家。

又过些时，那“孩子”回来了，身边带了一群小狼，在“娘家”不远处，左边撒泡尿，右边撒泡尿，且在母狼走入它撒尿范围时，龇着牙，发出奇怪的吼声——

表示，那是它的地盘、它的家。

曾在植物学的书上读过，许多花朵虽然是雌雄同花，但当雄蕊成熟时，雌蕊还没成熟。而雌蕊开始分泌黏液，可以接受雄蕊花粉时，旁边的雄蕊却已经凋零了。

于是每朵花的花粉，必须到别的花或更远的树上“圆房”。

据研究，只有这样“远交”，才能避免近亲繁殖，有优生的效果。

❧

我常想起那站得高高的，张望着孩子远去背影的母狼，也想起三毛、撒哈拉和西藏纪念文成公主的大昭寺。

不论是人、是兽、是植物，当他们成熟，里面就会产生一种声音、一种力量，说：

“飞吧！愈远愈好。这是生物进化，当然的道理。”

我也愈来愈佩服，那些小小年纪，就把筷子拿得很远的孩子，心想：

看！他们的手多有力气，他们的眼光多么远。今天，他们站起来，伸着胳膊，在一桌大人的注视下，夹起离他最远的一大块肉。明天，他会站起身、甩甩头发，在一群亲友的注视下，走向机舱，走向他向往的世界。

当生米煮成熟饭

情感的发展，多像是一场戏。
它们只是这样发生、这么演出，
这么看似不合理，
却又合理地完成……

去看获得奥斯卡最佳外语片奖的《烈日灼心》。戏院里有人睡着了、有人离场了。我看到一半，也想站起身。但是，当我忍到结束，却得到过去少有的震撼。

为什么那样平淡的电影，却给人如此强烈的感受呢？走出戏院，我一直想。发现可能正由于影片大部分的沉闷，累积了一种特殊的力量，到最后高潮涌现，才有迸发的感觉。

生活本来就常是平淡的，平平地过日子，淡淡地交往，最亲近的人成了最易被忽略的；子女称父母用“您”，有时反而觉得肉麻了。久而久之，竟不知什么是真正的“亲”。

直到有一刻，生离了、死别了、病重了，那不一样的情怀，才一股脑儿地涌现。

就像这《烈口灼心》，描写一个中年的军官，看上美丽的少女。于是借“微调”之名，把那少女的年轻恋人派到远方。

多年后，男孩子回来了。少女早已嫁给那军官，有了个孩子。周遭的人都等着看好戏，军官也心亏地故意带着女儿躲开，让年轻男子与自己的妻，有单独相处的机会。

旧情似乎一触即发了。对比看看，丈夫已白了头、弓了腰、凸了小腹，而那昔日的爱人，正是英年有为。

但是，在重逢不久的一个午后，美丽的少妇，走出房间，站在楼梯口，对着楼下等待的旧情人说：

“你该走了！”

多么不真实又真实的感觉啊！“只因为我嫁给他，一起生活了这么多年，有了感情、有了孩子。虽然我知道他害了你，也记得我们之间的爱。但是，已经如此了！

请不要再干扰我的生活吧！”

想起一位学法律的朋友说过的话：

“当人犯错，没被发现，躲起来不再犯案，过了追诉期，即使发现是他做的，也不会再起诉。”

“这不是不公平吗？”我问。

“不！你想想，他要是能十几年都不再做坏事。而能融入这个社会，成为其中安安分分的一员。你当着他惊愕的邻居和同事，把他抓走。不是反而破坏了社会的安宁吗？法律是公平的，也是求安定的。”对方笑笑，“就别再去打扰他了吧！”

或许情感也是如此，当错误的生米已经煮成熟饭。难道还要硬把一家人拆散？只怕那拆散的错误和伤害，反而更大。

记得以前看过一台戏——一个年轻女子，被土匪绑架了，父母跪地哀求、讨价还价之后，终于凑足了赎金，送去给土匪。

头目把钱接过，叫手下把小姐“请”出来。小姐倒没被捆绑，一头扑进父亲的怀里，痛哭失声。一家正要离去，小姐却擦干眼泪站了起来，走到头目身边，靠着，幽幽地说：“女儿不回去了！阿爹送来的钱，就当是我的嫁妆吧！”说着，拉头目过去拜见了岳父大人。

老头子莫名其妙、两手空空，又一把鼻涕、一把眼泪地离开山寨。北风吹起，老头子苍凉唱道：

“好一个，女大不中留哇！”

全场观众都笑了起来。只是不知道，大家是笑那老父的可怜、女儿的无知，还是人情的可悲？

最近有位老太太，跑来跟我母亲诉苦。

“我女儿嫁错了人！我早就看那小子不是东西。前两天，女儿跑回来哭，说被欺负了。我就狠狠骂她，说她笨。要是真过不下去，离婚回来算了。正说着，那浑蛋小子也来了，我就指着他鼻子骂，骂他没出息、不长进、没前途，只会打老婆。

“我那没出息的丫头还直拉我，叫我别骂了。她愈拉，我愈要把心里话说出来，给女儿出出气。没想到，我女儿突然转过身，手一摊，对着我又哭又吼，说‘妈！你别说了吧！他是我丈夫！’说完，竟然拉着那浑蛋小子走了。”老太太气还没消，“我直打自己嘴巴！呸！我是老几？管什么闲事？活该！”

情感的发展，多像是一场戏！它们只是这样发生、这么演出，这么看似不合理，却又合理地完成。而每个新人的相聚，都可能是旧人的别离；每个执着，都可能表现一种偏见。

只是那别离与偏见，都很美，也很悲壮。

因为她是我的老妻

在罗丹心里，
若丝到底占据怎样的地位？
是他披荆斩棘的糟糠，还是微不足道的女人，
抑或是只有在最关键的时刻，
才突然显现的“心灵深处的爱人”？

每次吃红烧狮子头，都让我想起三十年前的一段往事。

那时我念高中，有一天到老师家帮忙整书，老师留我吃饭，端上桌的主菜，就是红烧狮子头。

“来！尝尝你师母的拿手好菜。”老师一筷子，就给我夹了个大大的狮子头。

我很兴奋，夹一块放进嘴里。愣住了，那狮子头咸得简直可以“打死卖盐的”。碍于礼貌，又不好不吃，结果足足盛了两碗饭，才勉强把那“盐块”吞下去。

吃完饭，看师母到厨房收拾，老师倒了一大杯白开水给我，小声说：“对不起啊！你一定不习惯，你师母做的东西，总是太咸，不好吃！”

我接过水，心想：“既然不好吃，你为什么还一面吃，一面不断赞美‘好吃！好吃！’呢？”

老师似乎看出我的疑惑：“你奇怪我为什么赞美，对不对？”没等我答，又一笑，“因为那是我太太做的。”

我的书架上摆着早期《教育部长》，也是文化大学创办人张其昀（号晓峰）先生的文集。每次翻阅，都让我想起二十年前的一件趣事。

某日我拜望一位政坛大佬，正巧张其昀先生造访，大佬就为女主人介绍：“这是张晓峰先生。”

“哦！张晓风。”女主人兴奋地喊，“太好了！太好了！我最喜欢你的文章了。”说完就进屋，拿出一本“张女士”的散文，要张其昀先生签名。

想也知道，当时的场面有多尴尬。

可是，男主人居然一点也不为意，笑嘻嘻地拍着老妻，说她弄错了。等她进去，再对客人拱拱手：

“见笑了！见笑了！她呀，平常不出门，总闹笑话。”又哈哈一笑，“老妻嘛！老妻嘛！”

每次看到塑胶花，我就想起一位著名的收藏家。

那收藏家不但品位奇高，而且善于陈设。什么残破的佛头、名人的斗方，乃至一石一木，到了他的办公室，由于陪衬得宜，加上投射灯光，都给人一种典雅的感觉。

一天，有急事，我没到他办公室，去了他家。

他家也在黄金地段，高大的门厅，全是石材，才进大楼，便觉气派非凡。走出电梯，我心想，不必看门牌，只要找那挂着“斋馆”雅号，或镌刻精致的大门，就对了。只是，东找西找，不见这么一户人家，最后总算在挂着一大丛塑胶花的门上，看到他小小的名片。

进去，更是眼花缭乱。只见满屋的塑胶花，连厕所都悬了一大串。如果真是讲究的假花，倒也看得过去。奇怪的是，一眼可知，全是最粗俗的东西。

至于家具，更是五花八门。有欧洲式的高背椅子，也有嵌螺钿的中国茶几,外加许多金光闪闪的摆设。乍看，还以为到了“跳蚤市场”。

大概也看出我的诧异，收藏家手一挥，一笑：

“不错吧！全是我太太的杰作。办公室我管，家里她管，我们分工合作。她在家的时间多，她觉得好，就好！”

最近读法国雕塑大师罗丹的传记，感慨良多。

罗丹二十四岁时，遇到一位叫若丝的女工，请若丝做他的模特儿，并进一步同居。

不久之后，若丝生了个男孩，罗丹非但没和她结婚，还不认这个孩子，连自己的姓，都不给他。

接下来的岁月，若丝总躲在罗丹的背后，也总是他的“同居人”。罗丹愈来愈出名，得了许多大奖、交了许多女友，跟一个又一个名女人恋爱，跟一位又一位模特儿上床。尤其和他学生卡蜜儿的罗曼史，更是流传至今。

卡蜜儿视若丝为眼中钉，逼着罗丹甩掉她。罗丹为卡蜜儿盖新的工作室，讨这年轻女子的欢心，却也偷偷在乡间买下大的宅邸，把若丝安排在那儿。

卡蜜儿终于忍无可忍地离开了罗丹。

一九一七年，罗丹在跟若丝同居五十三年之后，终于和若丝走进结婚礼堂。

十六天后，若丝病逝。再过九个月，罗丹也死了。

合上书，我想，罗丹到底爱，还是不爱若丝？他是不是从起初就瞧不起出身寒微的若丝？

罗丹是否总在欺侮这可怜的母子？但为什么，他又总在保护他们？且在他漂泊爱情海，饮罢三千弱水之后，仍然回到若丝身边，看着她咽下最后一口气。

在罗丹的心里，若丝到底占据怎样的位置？是他披荆斩棘时的糟糠，还是微不足道的女人，抑或是只有在最关键的时刻，才突然显现的“心灵深处的爱侣”？

我常想，如果天才高旷又年轻美丽的卡蜜儿责问罗丹：

“你为什么会欣赏那个粗俗老丑的女人？”

或许正如我曾见过的那些老师、政要和收藏家。

罗丹也会淡淡一笑：

“因为她是我的老妻！”

寻找一个有苦难的天堂

▶ 最近看到一个心理学家的分析报道，说爱情在结婚四年后，就一路往下滑，十分惨不忍睹。但是滑过二十四年，又会咸鱼翻生，由谷底回升，一路“好景”到老年。

▶ 我想四年之后的“行情走低”，多半因为年轻时情欲重，失去了新鲜感，又多了子女累，愈来愈进入现实。至于二十四年之后，子女长大了，情欲淡了，“做伴”比“做爱”重要，“闲情”比“爱情”明显，就“利空出尽”，渐入佳境。

▶ 不过这定理对我不适用。我的儿子今年正好二十四，女儿才七岁。以前总吵着去迪士尼的儿子，现在用轿子也请不动，偏偏女儿又开始吵。恐怕未来还有八年，得撑着老腰，奔波于“云霄飞车”和“摩天轮”之间。

寻找婚姻

▶ 这就如同“旧瓶装新酒”，每次拿起旧瓶，会有往日情怀，觉得往事如烟、行将老去。每次倒出酒来，又立刻是新滋味，不是“陈年”，而是“新酿”。

▶ 我的老婆也常说，她不知跟哪些人做朋友。以前那批老友，现在孩子都大了，每天跑古董店，谈的常是孩子的婚礼和孙子女。至于年轻一辈，虽然有小孩可以玩在一起，却把我们看作长辈，打不成一片。

▶ 我倒蛮喜欢这种矛盾，觉得总能“疏离”开来，看年轻的婚姻，又看年老的婚姻。自觉什么都不是，也什么都是，反而更客观、更清明。于是把这些感触，写成以下五篇以“寻找婚姻”为主题的文章。

从新婚之夜开始

新娘急了，说："大家都在等。"

接着扯过白色的床单，

跪在床单上，把自己的手伸下去，

露出痛苦的表情。

殷红的血滴出来……

遇到一位十年前嫁作商人妇，突然从影剧圈隐退的明星。

“最近好吗？”我问她。

“不好，离了。”她笑笑，“十年前是我没认清楚他，十年后变成他没认清楚我。”

看我不懂，她又摊摊手：

“当年他追我，每天带着鲜花站岗，一副死心塌地的样子。才结婚的时候，也还好，总带我出去吃、出去玩，拉着我跟朋友炫耀。渐渐地，我离圈子久了，大家不再认得出我，他就不带我出门。正好怀了老大，我也就脂粉不施地甘心做个家庭主妇。有一天，看电视，他突然指着其中一个男演员，说‘这不是你老情人吗？’天知道，我跟那人多少年不来往了。他又不是不知道。跟着，他更找麻烦了，连不熟的，只要是跟我在同一出戏里出现过的男人，都要被他提出来问，问我有没有跟他上床。气得我干脆不看电视、不看电影。可是你知道吗？他以前追我的时候，把我的戏看了几百遍，连一家人出去，碰到跟戏里相似的风景，他都要发作。‘哎！这个海滩多像什么戏呀？算了！别装蒜了。你不是跟谁还在沙滩上搞吗？没假戏真做吧？’”停了几秒钟，她慢慢地、一个字、一个字地说，“你能想象，他在做爱的时候，都会突然冒出一句‘你没把我想成是谁谁谁吧？’”狠狠地说，“他何必逼人太甚呢？他又不是不知道我以前有要好的男朋友，那是过去的事啊，为什么不让它过去？”

许多事情，似乎就那么不容易过去。

想起有一次跟几位医生聊天。不知为什么,谈到“初夜”。

“有些印地安和非洲的民族，为了减少新婚之夜女人的痛苦，让她好好享受鱼水之欢，会在结婚之前，由巫师动个小手术。”一位医生说:“多聪明？又多开明？”

“落到咱们中国，修补还来不及呢！”另一位医生笑道。

“是啊！”他的太太立刻接过话，“有时候，第二天一大早，两口子等在诊所门口，一个哭、一个骂，找我先生鉴定。”

“唉！甭提了！”又有一位医生摇摇手，“我有个得子宫颈癌的病人，大概五十多了。有一天，她丈夫陪着来，我告诉他病情，他都静静地听，临走，他太太先出去了。他突然回过头问我‘听说性伴侣多，容易得子宫颈癌。’我没答话，他居然盯着我说，他也弄不清楚，太太婚前怎么样，只知道，初夜没有落红。”医生盯着大家问:“想想！结婚三十多年的老夫、老妻，在太太得了癌症之后，居然说这话……”

❧

是不是男人天生有“处女嗜好”，抑或因为文化、教育的影响，使许多男孩子，从幼年时代，就根深蒂固地有了这种观念？

有一天，从图书馆借回一卷叫《加利利婚礼》（*Wedding in Galilee*）的以色列电影。描写在以色列占领区，一个巴勒斯坦村落人家的婚礼。

妇女们为新娘沐浴、涂油，并穿上最美的衣服，撒着鲜花，簇拥着她进洞房。

洞房里，一对新人相对，外面则是一片歌舞喧哗。

新郎的母亲，隔一阵就去新房探探动静，却不知里面两口子居然有了不愉快。新郎拒绝行房，虽然新娘极力讨好，还是不行。

外面的聚会还在进行，大家似乎在等待什么事，即使倦了，仍不散去。

婆婆又去叩门。

新娘急了，说："大家都在等。"接着扯过白色的床单，跪在床单上，把自己的手伸下去，露出痛苦的表情。

殷红的血滴下来，染在床单上，跟着把床单递了出去。

原本已经渐渐沉寂的群众，突然爆发一片欢呼。

看到这儿，我感觉极大的震撼。它让我发现原来许多民族有着相似的习俗与禁忌。

如果那床单拿不出来，这屋外上百位的宾客，该如何散去？

更让我震撼的，是令我想起老母在许多许多年前，对我说过的故事。

一向保守，从不谈男女之事的老人家，居然在我的少年时代，就说在她通州（河北）老家，娶媳妇那天晚上，两家的母亲都会等在新房外头，如果拿到染红的被单，就拿着向外报喜。

“新娘的妈尤其高兴，得意地传给两家亲戚朋友看，说‘看吧！证明我们家的家教……’不然，那面子就丢尽了。”我至今都记得老母用两只手比画着：“那年头，讲究的人家，会把土墙挖开一个口子，叫新娶的媳妇从那儿滚出去……”

不过，接着她又神秘地笑笑，小声对我说：

“所以，要是哪家，知道自己女儿有问题的时候，会偷偷杀只大公鸡，切一块‘鸡冠子’，教女儿藏在身上，鸡冠子里头的血是一时不会凝固的，‘到时候’偷偷把鸡冠子一掐，就成了。”

几十年来，我常想起。不知这种教育，是不是老家固有的。是不是每个父母都会对他的子女灌输这种观念？而当一个接受过这样洗脑的男孩子，长成男人的时候，又将以怎样的态度面对他的新婚之夜？

我也想，莫非上一代的父母，存心把他们的梦魇传给下一代，如同被虐待长大的养女，成为养母时，用同样的方式去虐待自己的养女？

问题是，这种习俗是从什么时候开始？又怎么发生的呢？

后周太祖娶了四个老婆，都是二嫁的女人。被唐高宗立为皇后的武则天，原来也是太宗的才人。这些帝王都能容纳的事，曾几何时，乡里的小民，却要当作奇耻大辱。

记得在古书上曾读过“女多淫而妇多贞”这样的句子，当时觉得匪夷所思，但是现在愈想愈觉得有它的道理。

“未婚的女子有交朋友的自由，交几个也无妨。但是只要嫁作妇人，就能够守贞。”这不是很开明的观念吗？

句子的出处已经不记得，倒是最近读到光绪年间出版的《黎岐见闻》，有一段话，十分近似——

“黎女外出野合，其父母亦不禁；至刺面为妇，则终身无二。”

连边疆民族，都知道婚前与婚后的分际，都能尊重一个少女婚前的自由，为什么汉民族后来反而发展得那么狭隘？

❧

“完美跟破碎，没有一定的界限，全看你从哪个角度去看。”有位朋友，指着她手上的镯子说。

那是一副有金、有玉的镯子。两条弯弯的翠玉，用纯金镶在一起。

“这原来是个完整的玉镯子，不小心打断了，玉好，舍不得扔，就用黄金接起来，不也挺美的吗？”她伸出手，摇了摇，又笑笑，“很奇怪，洋人见到，一定赞美得不得了，问我在哪儿买的；可是碰到中国人，就不一样了，他们看一眼，就会露出个很奇怪的表情：哦！摔断了，接起来的。”又展示另一只手上的翠玉戒指：

“瞧！摔碎的那一小块，磨了磨，镶成戒指，配成一对，不是比原来还美吗？”

我永远不会忘记她最后强调的那句话——

“何必猜以前是什么样子？最重要的是现在的完美。”

也记得有一回逛古董店，看到个精致的小桌子。大理石的桌面，玫瑰木的桌边，弯弯的维多利亚式桌腿，还有个隐藏式的小抽屉。

“喜欢吗？”店主说，“但是看清楚，有一条腿断了一截，所以一压就倒。As is 就是这样，别买了之后再后悔。”

“既然买了，就是认了，何必后悔？”我开玩笑地问。

“那可不一定。”他说，“有些人一眼看上漂亮，买回去，看腻了，就总盯着腿看，愈瞧愈不顺眼，最后拿来退。”

不知为什么，自从遇到那位离婚的女明星，我就常想起这个古董店的小桌子。

我那天因为钱不够，没买。再去，已经不见了。

我常想，如果我买了，我会自己去找块玫瑰木，慢慢雕个精致的桌腿，为它配上去。我会用木器专用的牛皮胶，为它黏合，再用砂纸慢慢搓磨。

然后，我要为它打上一层厚厚的水蜡，让那水蜡渗进新的桌腿，显出玫瑰木红色的光泽。

我会更爱它。因为它是我心爱而选择的，又是在我修护下而完整的。

我将只见它到我手上之后的完美，而不计较过往的一切。

总是个欢喜冤家

“这小子，最浑蛋！
我们三天两头吵架，还动手，
屋子里没一样不破的东西，
三年不到就离婚了。
但是四十年来，我常想他……”

女儿很喜欢玩我的胡子，尤其是晚上，经过一整天，胡子都已经钻出来的时候。她总坐在我腿上，伸出两只小手摸。一边摸一边喊：“好扎人哪！好扎人哪！”却愈喊扎，愈要摸。好像我的下巴，成了个毛茸茸的玩偶。

看到女儿摸胡子，我那将近九十的老母，就会过来打趣：

“摸什么？摸什么？胡子有什么好摸？刺猬似的。”

说到这儿，又总是话题一转，对我抱怨：“你老子啊！倒是连胡子都没几根，我数过，一共五十根，一根活一年，五十岁就死了。胡子少的人脾气好，二十多年，连大声说话都没有过。”然后叹口气，“找他吵都吵不起来，好人不长寿啊！”

邻居老先生死了，到他家去，还是原来的样子，只是墙上多了三张男人的大照片。

“谁的照片？”我问。

“我丈夫的！”老太太一笑，“不简单吧！以前不敢挂，挂了惹他生气，现在三个都死了，谁也不必生气，就全挂了出来。”

“你最怀念哪个？”我大胆地问。

她想了想说：“三个都怀念。老的对我最好，天天在一块，看着他死，最伤心。”又指了指中间那张中年人，“这个最忙、最会赚钱，也最见不到面，连死，都死在办公室。”再转去最左边那张，站在前面盯着看。

那是个三十岁左右的小伙子，我原来还以为是她儿子。浓浓的眉毛，深深、亮亮的眼睛。

“这小子，最浑蛋。”她用指甲敲着相框，“我们三天两头吵架，还动手，屋子里没一样不破的东西。三年不到就离婚了。”摊摊手，一笑。

我也一笑，说：“如果时光能倒流，你最希望跟谁在一起？”

她居然想都没想，就指指那“年轻人”：“他！”

“为什么？”

“因为过瘾，年轻嘛！有爱就有恨，不爱也打不起来。虽然隔了四十年，我还记得好清楚。哦，不！”她有点不好意思地说，“其实，四十年来，我常想他。”

到威尼斯坐小船。

小船不过四尺宽，左右两排座位，只有近船夫的那头，有个双人座。

旅行团里有位老太太，跟我们夫妻一起上船，为了表示礼貌，我让她跟妻坐那面朝前的双人座。

小船顺着渠道走，两岸的灯火迷离，船夫唱起情歌，也有岸边楼房阳台上的情侣，跟着一起唱。

“多浪漫哪！”船上有人说，转过头，吃一惊，“唉！你们两口子为什么不坐在一起？”又对老太太说，“让他们小两口坐嘛！”

“是啊！是啊！”老太太起身，坚持跟我换位子，“我早就说，这是属于你们的位子。”

老太太坐到了我原来坐的船边。看着远方，嘴里还不断地自言自语。

坐得近，我听得很清楚，她那带着怨的声音：

“谁让他那么早死，不能跟我来威尼斯……”

陪长辈去阳明山扫墓。

她的丈夫已经去世三十多年了，骨灰放在神社，后来神社拆除，则把骨灰移到公墓的骨灰塔。

塔里有些零乱，尤其碰上清明时节，更是摩肩接踵。想老人家的孩子都很有成就，我不解地问：

“为什么不安排个更好的地方呢？”

“更好的地方？”老太太回头瞪我一眼，“这还不够好吗？谁要他那么早死，他轻松了！留下我一个人，带那么多小孩。能看看他，已经不错了。”

山上的风大，老太太还不要儿子扶，瘦冷冷的一个影子在前面走，每一步都踩得很重，像是在怄气、顿足。

十几年前，初到美国的时候，教过一批老学生。

有一天，带学生去美术馆，我的太太也随行。

不知为什么，我左脚的鞋带总是松开。系好，没走多远，就又松了。妻看不过去，蹲下身为我绑紧。

“太不像话了！教授！”有个六十多岁的老太太冲过来说，一副为我太太抱不平的样子。

我的脸红了，不知怎么答。又觉得在这“洋邦”，学生怎么对老师如此无礼。

美术馆逛完了，就在门口解散，刚才骂我的那个老太太却没走。看大家都远了，才靠近我，小声地说：

“教授！对不起呀！刚才我有点失礼。我真是看不惯你太太蹲着为你系鞋带的样子，觉得你是大男人主义。但说实话，如果我丈夫还活着，我也愿意帮他系鞋带。丈夫，有时候就像 baby，要太太宠。”又转过身，拉着我太太的手，“我好羡慕你……”

然后，挥挥手，低着头冲进暮色。

每次，听到年轻夫妻吵架，我都对他们说这些故事。

能健健康康在一起，做个伴，就是一种幸福。

难道只是一种心情

如果女主角正偷情时，丈夫回来了。

如果她防范不周，怀了那男人的孩子。

又如果，

她真跳下车，冲进若柏那辆老货车里……

几位美国朋友来访，一进门，就盯上我从台湾带回的报纸：

“台湾的报纸印得好漂亮！”

“天哪！这种小小的、一个个字，怎么念？”

大家你一言、我一语，翻来翻去，突然视线全停在了一个地方。

那是幅跨半页的广告，难怪他们会感兴趣，原来广告上印了一大排英文字——

“The Bridges of Madison County”

“廊桥遗梦！”有人叫了起来，“台湾也有这本书！”

“是啊！你看！这不是梅瑞史翠普和克林伊斯威特吗？连电影都去了呢！”

“这几个大字一定是中文的廊桥遗梦，对不对？下面的小字说什么？”大家转过脸来，“快！翻译给我们听！”

众人的意愿，不好违背，只得一行行翻给他们：

“这行大字说：‘所有女人梦寐以求的爱情，就这样发生了！’这行讲：‘真情流露而又感人至深的高贵爱情。’这行是：‘在速食爱情泛滥的今日，本片无疑是一帖清凉剂。’”

没翻译完，就有人鼓掌叫了起来：

“太棒了！太惊讶了！没想到台湾的人观念比我们还新！”

“是啊！而且敢说、敢……”迟疑了一下，“敢不敢做呢？”

“我们要小心不在家的时候了，尤其要小心那种好像很有阅历的、半老的中年人，说不定他会偷偷跑进家来，成为我们老婆一生最难忘的爱人。”一位男士说。

“我们女人也得小心，别让丈夫一个人出去照相，搞不好，照到了床上！”

正在争辩不休，突然有个人抬头看我：

“莫名其妙遇上了，带回家来，还教那男人怎么把车停在外人看不到的地方，趁丈夫不在家，出四天轨。难道真会是台湾所有女人梦寐以求的爱情？”

“如果在四天当中就打得火热，不算速食爱情。”另一人问，“在台湾的速食爱情，是一两天，还是几个小时？”

四个人的矛头好像全冲着我来了。“我不知道！”摇摇手，我故意冲进厨房，为他们煮咖啡。

几个人离开时，已经是深夜一点。虽然后来没再提到《廊桥遗梦》，我却一直挥不去那桥的影子。

小说我早看过了，写一个四十岁的女人，怎么邂逅五十二岁的若柏。怎么带他去找“麦迪逊之桥”，又怎么把他带回家。然后，彼此勾起了某种情怀，制造了某种巧合，于是邀约晚餐，有了进一步的发展。又在四天之后，女人的丈夫归来之前，别离。

那是个很通俗的题材，但是在作者罗伯·华勒的笔触下，变得那么生动、细腻。细腻得连男人“精瘦肌肉”上的血管，女人在新衣服下面散出的体香，都让人看得到、闻得着。

还有那夏夜溽热中的汗水和急促的呼吸，都从字里行间，逼人似的跳出来。

尤其是写当若柏离开之后，女主角坐丈夫的车，出去买东西，在路上，她又看见那辆熟悉的车子和身影。她想跳下丈夫的车，冲进若柏的车里。

但是，在心里挣扎一番，她没有动。

于是，她又回到了原来乡下平淡的生活，守着丈夫、守着孩子，想那四天出轨的激情，想了一辈子。

我不能不佩服，罗伯·华勒如诗的笔调，像电影般凄美的场景，还有淡远的余情。只是，躺在床上，翻来覆去，我又想：那难道真是被许多评论家歌颂的“伟大的爱”吗？抑或只是激情，以及在刻板生活中引起的一种波澜？只因为生活太刻板了，丈夫孩子太公式化了，于是那个正好丈夫远行、孩子不在，而及时出现的男人，就变得格外吸引人。

如果，女主角正偷情时，丈夫孩子回来了。如果，她防范不周，怀了那男人的孩子。又如果，她真跳下车，冲进若柏那辆“老货车”，跟他风吹雨打、浪迹天涯，她真会幸福吗？

当激情过去，现实进来；新鲜过去，公式诞生。过去婚姻生活的影子浮现、孩子唤妈的声音传来，她，能不悔恨？能不回头吗？

回头时，又是怎样的情境？

想起以前一个女学生说的话：

“出轨，是一种心情！”

她说得很淡，声音淡、表情也淡，那七个字却像铁打的一般，重重地落下来。

现在，看这《廊桥遗梦》，我总算了解，真正教女主角出轨，同时使她有着“余味无穷”的，正是那一种心情。一种超脱在“沉重的现实”之外的一种心情。它不崇高，它很美；它也不美，只是不一样。

问题是，我们是否应该追求这不一样的心情，这又是不是真如广告所说，成为“所有女人梦寐以求的爱情”呢？

❧

如果生命像是酒。有人喜欢淡酒、有人喜欢烈酒；有人喜欢日本的清酒，有人爱中国的大曲；也有人欣赏五味杂陈的鸡尾酒。

想起《廊桥遗梦》里的一段——

“为了弥补自己的文化自卑，麦迪逊郡的人喜欢说：‘这是个抚养孩子的好地方。’而她（女主角）总想这么回答：‘但这不是一个让成人还能成长的好地方！’”

麦迪逊的生活，或许像淡淡的清酒吧！有的人能喝一辈子，都觉得温厚醇美。

她，也喝了一辈了。只是中间偷喝了一口大曲！

且终其一生，都认为大曲，才是真酒。

当夫妻不再同床

每次他来，我都想："情人来了，多好！"
每次他走，我都想："情人走了，多好！"
情人来，带来的是激情；
情人走，留下的是自由……

朋友蜜月旅行回来。

我说:“新婚燕尔。”

“甭提了! ”他居然手一挥,“才进旅馆,就吵架。那旅馆房间是两张小床,我无心地说:‘两张床真好。’我太太居然就生气了。说我才结婚,就嫌她,不愿意跟她睡一张床。”他十分不平地说,“本来嘛!结婚之前,三十多年都一个人睡,突然旁边多个她,好不习惯,连放屁都不敢。偶尔各睡一张床,不是挺好吗? ”

夫妻应该同床,我以前也是这么想的。记得十八年前，刚到美国的时候，住在一位美术馆馆长的家里，发现他们不但不同床，而且不同房间的时候，真是大吃一惊，心想：

“他们大概距离离婚不远了。”

后来才知道，他们从二十年前，盖那栋房子，就已经存心设计了这么个“不同房的组合”。

两间卧室，一样大，各有一张双人床。卧室之间又各有一道门，通向同一个浴室。也可以说：

走出这个门，进入浴室，再推开浴室里的另一扇门，就可以进入对方的卧室。

晚上两个人可以一起在浴室刷牙、洗脸，再互道一声晚安，各进各的门，而且都关上门，睡自己的“大头觉”。

有情趣的夜晚，“战事”结束之后，可能留驻在对方的战场睡到天亮，也可能有一人起身回自己的房间。

“这样多好！”馆长说，“她爱在床上打电话，我爱在床上看报，以前我嫌她说话吵，她嫌我翻报吵，自从分房之后，谁也不吵谁。”

也听过一位著名的女作家，说过类似的话。

女作家结婚之后，生活得很优裕，作品却少多了。隔不久，离了婚，回复单身，作品也大量增加。

“我们只是不住在一块儿，现在还常约会。”女作家说，“每次他来，我都想：‘情人来了，多好！’每次他走，我也都想：‘情人走了，多好！’情人来，带来的是激情；情人走，留下的是自由，和我创作的空间。”

她做得对不对，我不敢置评，倒记得美国电视名人宗毓华，以前和她先生为了工作，各住一方，一个礼拜才见一面。不久前，宗毓华离开新闻播报台，改为和老公一起主持节目，有人问宗毓华感想。

宗毓华一笑，说：

“现在每天都‘能’看到他（指她丈夫），多好！每天都‘得’看到他，多糟！”

多么幽默又意味深长的话啊！

对于创作者或工作压力极大的人而言，另一半可以是最佳的慰藉、最贴心的伴侣，也可能是宁静思考的干扰。许多夫妻就因此，发展出他们特殊的相处模式。这模式在外人眼中，很可能是最糟的，对那当事人而言，却是最好的。

记得梁实秋和韩菁清结婚之后，两个人住在同一个屋子里，却不同房间。非但不同房间，而且一个人住在西南角，一个人住在东北角。

梁教授以早起闻名，早上四点多就起床了。韩女士以晚睡闻名，时过中午才会起身。

于是有人说这是最差的结合，因为生活上根本不相配。倒是一位跟他们熟识的朋友说：

"这样正好！梁教授早上写作，太太睡觉，不至于吵到梁教授。至于吃嘛，她装好一小盒、一小盒，放在冰箱里，梁教授什么时候想吃，放在微波炉里热热，自在得很！"

看梁教授在婚后，作品源源不断，又享了高寿，谁能怀疑这番话呢？

也记得小时候，隔墙常传来邻居女主人敲木鱼念经的声音，一念就是几个钟头。

我后来常想，她还和丈夫同住一间房、同睡一张床吗？抑或早就分房睡了。我也常想，那些分房的夫妻，会不会愈睡愈远，变成只有情谊，而少情爱的“室友”？

倒是有一年去天津，看一位长辈。

年过九十，骨瘦如柴的老人家，失去了年轻时偌大的家产，只剩下一间房、一个妻。

没见到床，我东张西望地问：“您睡哪儿？”以为他另有卧室。

“就睡这儿！”老人指指身下的躺椅。

“我是说晚上。”我补了一句。

“也就睡在这椅子上。”他沙哑地说，“气喘，十几年了，不能躺；躺下去，就上不来气。”

“那伯母呢？”我又问。

老太太指了指躺椅旁边的地：

“就睡他旁边。”又不好意思地解释，“怕他半夜喘。”

“不凉吗？”

“不凉！两人虽没睡一块儿,靠近点,还有热气儿……”

这是我见过的，印象最深的分床的夫妻。

没有梵咀声、没有翻报声、没有电视声，也没有事业的冲刺与男女的激情。

只是守着，过完一生。

是谁为他穿上最后那件唐衫

这世上有许多爱，
像是父母爱、兄弟爱、朋友爱，
那些爱都很伟大，
但我们也不能不承认
没有一种爱，能取代男女间的恋情。

玉婆伊丽莎白·泰勒终于和她的“小”丈夫赖瑞分手了。付出的赡养费是一千两百万美元。

“天哪！我三辈子也赚不了这么多。”许多听说的人，都叫了起来。

其实这跟美国著名的性感模特儿安娜，下嫁大她六十多岁的石油大亨霍华，一年之后所得到的遗产相比，真是小巫见大巫。单单安娜的订婚钻戒,就是二十二克拉，更甭说那高达五亿多美金的遗产了。

更离谱的是“香奈儿（CHANEL）”创业人香奈儿。七十多岁爱上只有她三分之一大的男管家米霍涅。不但送他去瑞士减肥，为他买新车新房，让他管理珠宝部门，更把香奈儿公司给了他。

香奈儿值多少？没人知道，只晓得当时一年净赚的钱，就达到一亿六千万美金。

多妙啊！这些“老人家”为什么都“头壳坏去”？他们竟想不到那“小男生”“小女生”,可能图谋他们的财产？

当然也永远不会有人承认嫁娶“老夫”“老妻”，是为了利。玉婆的小丈夫说他娶丽莎，是为了保护她，跟她共创戒酒之后的新生。

安娜也表示她是真爱这位提拔她的长者，视他如兄、如父，还打算跟八十九岁的老丈夫生个孩子。

米霍涅就更贴心了，他说如果香奈儿哪天真老得不能动，他绝不会让人把香奈儿送去安养院，而要带她去自己的家乡，跟他的父母同住，一起安享余生。

大概这些“老人家”，就被那甜言蜜语哄得轻飘飘了，飘上云端，飘得见不到人间的真相，甚至飘得远离了他们的亲戚、朋友。

可不是吗？当年老的父亲、母亲，甚至祖父、祖母，突然宣布要寻第二春，嫁娶个小得可以做孙子女的人的时候，有几个亲人能不抓狂？

只是，俗语说得好——“天要打雷、娘要改嫁”，又有几个人管得了？那老人家硬是再度走过了红地毯，花一扔，把子子孙孙全摔在背后。

他们进入了另一个世界。一个由那小男生、小女生编织的世界，带着他们的偌大财产躲了起来。

就算他们不想躲，也得躲啊！儿女排挤、朋友鄙视、亲戚冷眼，大家一起排斥那个天外飞来的“阴谋家”“小贱人”，也一起痛恨这个“老不修”“老糊涂”。硬是把一对新人，挤到另一个世界去。

❧

但是，让我们仔细想想。当老人家能在风烛残年，一片萧瑟中，再找到些色彩，感染些青春，我们不是应该为他高兴吗？有人能贴身照顾他了，而且那人又年轻、又健壮，足以扶持这些走不稳的老人家。这岂不是更能让子女放心吗？

可是，为什么世人总以“利”的眼光，看他们的世界呢？连邓丽君生前花多少钱，为她的法国小男朋友买照相机，甚至死后的遗产，是否落入那男生的手中，都成为人们议论的焦点。

大家怎不想想，在她面对年华的逝去和空闺寂寞的时候，是谁，走进她的生活，走进她的心？

也有邓丽君的朋友谈到她和小男朋友争执时，总是她先“下气”，好像受了许多委屈，或在事后猜测可能两个人先吵架，男孩子负气出走，扔下气得喘息的女朋友，才造成悲剧。

问题是，她为什么先“下气”，她为什么会那么善待“他”？她又是带着谁，一起去了泰国清迈？

那是因为爱！这世上有许多爱，像是父母爱、兄弟爱、朋友爱，那些爱都很伟大，但我们也不能不承认——

没有一种爱，能取代男女间的恋情。

只是，大家常犯一个错。认为年岁大了、名气响了，就该成为圣人，被高高地供着，他们不再能有七情六欲。大家也似乎认定，只要年岁相差太多，恋爱就是假的。那年轻的一方，必定有所图谋，打算把老的害死。

多年前，我熟识的一位老教授，七十多岁打算再婚，娶个小他三十多岁的女子，亲朋故旧群起反对时，老教授说得妙：

“你们只想她可能把我害了。怎不想想，她年纪轻轻、漂漂亮亮、自自由由，现在被我拖累，是我把她害了？”

据说国画大师黄君璧年近花甲，又娶小他三十岁的容羡余女士为妻时，也有许多人反对。

只是，三十多年来，只见年轻的黄师母，放下自己的事业，守在老人的身边，展纸、磨墨、送饭、送药，头发白了、青春去了。而当黄老师九十五岁逝世之后不过半年，还在为老人戴孝擦泪的“她”，也死了。

大家都说黄师母弄了不少钱，我也见过许多画款直接进入师母的腰包。可是，当黄老师逝世那天，我看到哭昏过去的白发师母，又在不久听说她得了绝症之后，我常想，这三十多年来，是她搜刮了黄老师，还是黄老师全靠了她？

当然，我们可以说那些只伺候“老人”几年的，才是真占便宜的人。但也让我们想想，当老人到了那个年岁，最爱他们的父母已经死了；年轻时跟他们一起玩的朋友，已经老了；就算还有最爱他们的子女，也可能忙于自己的家庭和事业。真正在那烛火熄灭之前，伸出双手护着，免得被风吹熄的是谁？真正守在老人身边，为他送过尿壶、盖上被子，甚至为他读书、读报，把他像孩子一样呵护，哄他入睡的又是谁？

෴

许多年前，读到陈薇女士写的《魏三爷与我》。那是一段引人议论的恋情——

一位老人家、一个小女孩，在车站邂逅。老人帮助小女孩，送她回家。又帮助失去双亲的小女孩走出尘埃。小女孩成了老人的女佣、学生、爱人，为他生了孩子。

有人很不谅解魏景蒙，认为他老而无德。也有人很同情这份缘，认为老人在丧妻之后，终于能得到慰藉。有人从“情”看、有人从“理”看、有人从“钱”看，也有人从“欲”看这个老少配。

我不置评。只记得陈薇在《刻骨铭心忆景蒙》中的一段话：

“我接到报丧的消息，赶紧拿了你（魏景蒙）最喜爱的唐衫装赶到医院，把你从床上抱起，拥在怀里为你更衣……”

我常想，恋恋风尘几十年。当我们有一天老了，我们最爱的伴侣说不定先走了；我们最爱的孩子或许远游了：我们最要好的朋友都动不得了。

是谁，为我们穿上最后那件唐衫？

寻找一个有苦难的天堂

如果说我是生活在“老人国”里，那绝不为过。家里的老人，正如我岳父所说“九十、八十、七十”，真是排排坐。

所幸九十的依然散步，八十的仍然打球，七十的总爱旅游。自从附近图书馆有了中文藏书，不借白不借，更常见三位老人一起低头苦读。图书都由我老婆借来，交给女儿，由小丫头负责老人登记借书的工作。原因是老人常看“儿童书”。

童书的字大、故事短，老人家容易看，又不会“瞻前忘后”，所以抢着看。

寻找黄昏

▶ 老人就像孩子，要管束他们的行动和吃喝，不准他们逞强，以免伤了身；也不准多吃，免得太胖；还不准吃油，免得胆囊痛、血脂高。我和妻总做“坏人”，管这些老人家。

▶ 看孩子如同看自己的过去，看老人如看自己的未来。己所不欲，勿施于人，想想自己有一天也会老，便能多体谅老人的悲凉。

▶ 秋天和黄昏都是最美的。总盼遮住一些风寒，让红叶多留些时；总盼往高处站，好多见到一些黄昏。把这些衷心的盼望写出来，成为以下三篇以“寻找黄昏”为主题的文章。

坚持地活下去

人老了，
不再走得动，不再拿得出，
就仿佛风烛残年，
求自己的烛火不灭，已经不容易，
哪里还能想去“照亮别人”？

我的三姨过世了，家人来电话报丧，说最好斟酌我母亲身体的状况，决定瞒还是不瞒，免得八十九岁的老人，受不了打击。

放下电话，好为难，看老母的房门半掩着，传出电视的声音。就若无其事地踱进去，陪她看了一下电视。又装作偶然想起的样子，问：“三姨……”

“死了是吧？”老人居然抬头看我一眼，淡淡地说，“胃癌，拖不久，死了也好！活着受罪。”

我一惊，原想装作问她三姨的情况，没想到她会劈头来这么一句。

“早上四点死在广州医院。”我轻声说，说完赶紧溜了出去。

中午，老人出来吃饭，很平静地告诉我的岳父、岳母：“我妹妹死了！我带大的，居然死在我前头。”

大家看她不怎么伤心，都默默地点点头，没多说。

接连几天，我晚上写稿时，都一边听着背后老人房间的声响，怕听到“被窝里的哭泣”。所幸，她照常看电视、照常打开房门看我一眼，也照常关灯、传来鼾声。

“你的表现不错，大家原来怕你太伤心还不打算告诉你呢！”过了一个星期，我对母亲说。

“有什么好伤心？八十二，也不算短寿了。活着，她不能来看我，我也没法去看她。死了，倒还近一点！”老人淡淡地回答。

母亲年过八十，人生观就改了，渐渐不再关心家人以外的事。尤其前两年从台北回来之后，更是心如止水。

心不动，反而更健康了。

“有什么好操心的？年岁大了，自己管自己，能好好活着就好。”

她三十年前教会的老朋友，倒还有两位保持联系。老人们通电话很有意思——

“谁谁谁，还活着吗？不错！不错！”

“你还好吗？我还好。”

那种问安的方式，是“无建设性”的，不像以前，会叮嘱对方多吃维他命，或主动寄两瓶过去。

放下电话，她最常说的一句话就是：

“谁还活着呢！让我算算，嘿，九十多啦！”

不晓得老夫老妻的情怀是否也会改变。

认识好几对老夫妻，年轻时形影不离，老了，反倒天各一方。有时候是因为子女分在地球的两边，老爸守着儿子、老妈守着女儿。有时候则因为兴趣不同，老头子爱搞社区活动，成天去开会请愿；老太太爱种花种菜，宁愿在美国孩子的家里当“老农”。

我儿子中文老师的父母最有意思，老夫老妻一年见不到一面，只有逢年过节，才在电话里大声喊“你好吗？”“你好吗？”

两个人耳朵都不好，各喊各的，谁也没听见，到后来，只是猜着说“好就好！”然后，挂上电话，还自言自语地点着头：

“好就好！好就好！”

二十年前看周弃子先生的书，说他老来奉行“疾不问、死不吊”，意思是“不探朋友的病，也不参加丧礼”。当时我觉得他好薄情。

也记得有一次读到古人诗句“不喜诣人贪客过，惯迟作答好书来”。觉得那人真自私，只希望朋友来访，自己不去回拜：只盼别人来信，自己懒得动笔。

最近再想到这些句子，却有了另一种感触。

人老了，不再走得动，不再拿得出。就仿佛风烛残年，求自己的烛火不灭，已经不容易，哪里还能想去“照亮别人”。

人老了，对死亡的感觉也淡了。经历了年轻时祖父母的死、中年时父母的死、老师的死、朋友的死、手足的死，甚至晚辈的死，由最初的“恨天”，到后来的“知命”“认命”，死已经成为不得不慷慨面对的事。加上老来的辛苦、病痛和寂寞，那死，甚至真成了一种“解脱”。

怪不得老人们会在别人让他“上座”的时候，笑说“这是年年坐上座，渐渐入祠堂”。又在参加老朋友丧礼时，自称是“去排班”。

当然，老人家的爱心还在，只是不再激情、不再表现，知道大家都好，就成了。

他们年轻时争强好胜的脾气也改了，表面上虽然不再较劲，私下还是偷偷在比，比谁活得久、活得健康。

“人老了，就是在偷生。”我的老母说得好——“偷偷地，在这世界的某个角落，坚持地活下去。”

三姨的死，没把她打倒。

她最近吃得更多，且散步的距离更远、时间更长了。

一家人的娘

要儿女干吗？
看看！还不如护士。
天天看到护士，
一年见不到孩子。

陪老母参加一位老人的丧礼。教堂里冷冷清清，没几个人，却听到一个女人在哭泣，想必是老人的女儿。

“不是她女儿，”老母在我耳边说，“是她的护士，照顾了她七年。”

老人的女儿也在场，没哭，还笑着为她丈夫介绍那位护士，反而像是来吊唁的朋友。

“朋友多半死了。”老母又偷偷对我说，“活得愈老，愈没朋友。再老，就连护士都死了。”哼了一声，“不过，要儿女干吗？看看！还不如护士。天天看到护士，一年见不到孩子。”

❧

在图书馆，发现门口坐了一排黑人。

“今天放黑人文化的电影吗？”我问图书馆管理员。

“不！今天演木偶戏。”

“木偶戏不是小孩子看的吗？”

“对！所以管家都在门口等着。”

说着，就见一批白人孩子又叫又笑地冲出来。黑人管家马上迎过去，拉着外套，为孩子穿上。

两个小孩还抱着黑管家的脸，左亲亲、右亲亲。

❧

看纪录片《马莎和以叟》(*Martha & Ethel*)。片中，七八十岁的两个老太太接受访问。

“这是我的家，我从来没觉得自己是外人，他们是我的孩子，我爱他们。”黑人老太太说。

“是啊！是啊！我知道，孩子是你的，我早就知道！”白人老太太笑着。

镜头一跳，是个中年女士："小时候，有一天我去拿信，看到上面名字写的是马莎，却不是我们家的姓。我就奇怪地说：'多滑稽呀！把姓写错了。'直到后来，我才弄懂，她是管家，不姓我们家的姓。"

"是啊！"另一个孩子说，"当我知道她是拿薪水的时候，我惊住了，受到好大的打击。心想，她应该是真爱我的，不是为了赚钱，才爱我。当我需要帮助的时候，她总在我身边，妈妈却常不在家……"

纪录片里演出孩子把老管家接去住，又陪着老管家去寻根、探亲的画面。

一群黑人围着白发的黑人老太太，以及旁边高大的白人女子。

"看我的肢体语言，就知道我是谁带大的。"白人女子说。

黑人老太太笑着搂搂"她"："我可爱的女儿。"

然后，老管家婉拒了亲妹妹留她养老的好意，跟着"白人女儿”回家了。

❧

附近住了一位华人医生，他四十多岁的太太，又生了个儿子。太太应酬多，幸亏有位贴心的管家。管家是马来西亚人，小娃娃也就说了一口流利的马来语。

虽称管家，倒像一家人。一起吃饭、一起外出，连到欧洲旅行，管家也随行。因为孩子总跟管家睡，没管家，就闹。

最近医生一家移回了台湾。不知为什么，管家没拿到签证。大家还是一起上飞机，到桃园中正机场，医生一家入境，管家则转机，回马来西亚。

据说，那机场中的生离，像死别。管家哭，孩子喊。哭喊的话，大家都不懂，是“他俩”的话。

❧

父亲生前一位旧交，旗人、老家庭。见面不但鞠躬，还要“打千”行礼。

他家一位女管家的规矩也真多，似乎进门、出门，端菜、奉茶，都有一定的动作。

孩子全是她带大的，常对她做出些撒娇的举动，只是动作都一闪即逝，唯恐伤了礼数，被父母骂。

女管家也知道分寸，无论熟客人多尊重她，她绝不“上桌”吃饭，菜收拾完了，茶端上、麻将声起，再一个人躲在厨房用餐。

父亲过世十年，那家男主人也死了。女主人出去工作，不知怎的，反而欠下一屁股债。付不出管家的薪水，女主人请她自谋生路。

“谋什么生路？”管家一笑，“从年轻，就进这门儿，死也死在这门里。”于是她不再支薪。

又过些时，她不但不拿钱，还拿出钱来。把腰上缠的一条布缝的褡裢，一点点剪开，掏出里面的小金块，出去卖了，给孩子缴学费。

五个孩子，结婚的结婚、出去的出去，全走了。剩下两个老太婆，挤在一栋小公寓里。

前年，母亲回台湾，去了一趟。老管家八十了，还打千为礼。

老夫人也还穿锦袍，喝盖碗茶，说吉祥话。不小心把茶打翻了，老管家弓着背，趴在地上擦。

“当心你的老腰！当心你的老腰！”老夫人拍拍她，又抬头，看着我母亲，眼眶湿了：

二十多年了，剩下什么？剩下两老。“多亏有她，做完我孩子的娘，又做了我的娘……”老夫人说。

可爱的人“端”

人“瑞”多没意思?
还是人“端”有道理。
活到头了，活到人生的一端，
所以叫人“端”。

自妻退休，家里的老人家就快活了。因为妻有空，可以常常开车，送他们去“华侨老人中心”玩耍。

第一天去，正逢庆生会，八十七岁的老母和七十四岁的岳父，都恰好那个月生，于是坐上了寿星席。每人头戴尖顶小花帽，襟前挂上寿星红条，吹蜡烛、切蛋糕。全场上百位老人则吹纸做的伸缩小哨子，此起彼落，好不热闹。还有老太婆唱“老小歌”：

“人生七十才开始，八十不过小老弟，九十还在流鼻涕……”

唱着，一位老先生的鼻涕，就流到了“围嘴”上。

庆生会完毕，一群老人你推推我，我挤挤你，有说有笑地出来。老人中心外面，早停了一大排车子，见老人出来，各家儿女都跑过去搀。各自拉拉扯扯地把老人送上车，却还见老人们把手伸出窗外叫喊。

有个老先生的家人没来，看大家都走了。居然坐在地上大哭：

“我回不了家了！我不认得家啊！”

回家一路上，从没见三位老人如此兴奋过。尤其我老母，因为年事最高，今天坐上了首席，主持“切蛋糕大典”，更是得意非凡。

“哼！别说我最老，好多比我年轻十岁的，还不如我呢！”老母扯着嗓门说，“没想到，人‘端’、人‘端’，今天真成了人‘端’。”

自从四十年前，在台北的和平长老教会，听老牧师证道时，把“人瑞”说成“人端”。老母就把“人端”挂在了口上。

“本来嘛！人‘瑞’多没意思！还是人‘端’有道理。”

老母说，“活到头了，活到人生的一端，所以叫人端！”想了想，她又笑了，“咱们家有两个人端，一个是我，一个是孙女，我在这一端，她在那一端。哈哈！多有意思。”

家里的两位“人端”，相差七十二岁，倒是挺能打成一片。我常跟女儿玩不到二十分钟，就觉得累。老奶奶却能跟孙女玩上几个钟头。

我发现小丫头也特别爱找奶奶，因为她跟我玩会输，跟奶奶会赢。最起码，她跑得比奶奶快。又因为奶奶耳朵不好，小丫头连捉迷藏都占优势。

只是，这一老一小，玩起来十分吵闹，常影响我创作。譬如她们从路边捡来许多生核桃，剥了皮，当弹珠扔。核桃撞核桃，啪啪有声。

接着，老奶奶又发明把两个干核桃放在双手间搓，让核桃壳摩擦，发出尖锐的声音。

前两天，居然传来金铁交鸣，我吓一跳，冲去看，原来一老一小，各拿一支金属拐杖，学武侠片里的大侠斗剑。

我站在一旁观战，看她们由这头打到那头，既怕小的打到老的腿，又怕老的打了小的手。最后不得不下令：停战！

回到书房，才坐定，却看一老一小已经移师窗外。由小丫头踢球，老奶奶“打”球。

快九十岁的老人家，把拐杖倒拿着，举得高高的，等球一踢过来，就狠狠一抡，用拐杖的把手，将球打出去，居然打得又高又远。

我突然了解，高尔夫球是怎么发明的。

只是既然比赛，旁边又没裁判，祖孙二人就经常争执。在小丫头心里，那不是老奶奶，是玩伴，而且是一种特殊“性别”的玩伴。

“爸爸、哥哥和公公是男生，妈妈和婆婆是女生。”小丫头说，“奶奶不是男生也不是女生，是老太婆！”

据说今天下午，老太婆带着小丫头到公园荡秋千时，又有了争执。小丫头要奶奶推，奶奶推得不好，小丫头不高兴。

回来，两人倒是挺开心。

“她跟我吵架，不理我，可是有人理我。”老奶奶在餐桌上说。

一家人全停下了筷子："谁？"

"我们碰见另外一个老太婆，也带着孙女。那个小丫头主动过来推我们的小丫头。那个老太婆，也过来，叫我坐上秋千，她推我。"老奶奶眼睛里闪出一种特别的光，"她死命推，把我推好高好高，我直害怕，可是，真过瘾！"

我常想，老人家老了，动作慢了、语言简单了、声音变大了、情绪也变得更直接。

他们要我们搀扶、接送、哄骗，还有一份特别的固执。只是因为记忆差，才吵完架，他们已经忘了。

那天老人中心庆生会，我的老岳父带了录影机，录了许多画面。三位老人家常拿来放，一边放、一边叫好。

荧光幕上是上百位老人，里面有抗日战争的英雄，也有常春藤盟校的教授和来美大半辈子的老华侨。但是，当彩带飞舞，哨声四起，又有一拍、没一拍，唱生日快乐歌时。我真觉得——

那是一群可爱的小孩！

寻找一个有苦难的天堂

常听人说“如果倒退十年、二十年、三十年……”似乎当他们回到那个时候，就会作出不一样的选择，改变后半生。

只是我想，如果真把我放回以前，我还是会作出当年的决定。我依然会糊涂、依然会放浪、依然会犯错。那错误也依然会使我受累，甚至累一生。这些错误的步子，确实因为我年轻、冲动、不懂事。但是话说回来，也正因为那些特质，才称得上年轻啊！

为了换取年轻，我宁愿再错一次！

每年到了美国的鬼节（Halloween），我都要带女儿去南瓜园买南瓜，南瓜有大有小，今年全美最大的南瓜，有一辆小汽车那么巨大。但是最贵的南瓜，不是最圆、最美的，反而是最怪的。

寻找人生

今年我去南瓜园，看见大家围着一个胖女人，赞美她手上扁扁的南瓜，那瓜不但扁，而且有个弯弯细细的头和长长的瓜柄。

胖女人得意地说："好贵哟！但是值得，我要利用这个形状，做一只天鹅。你看！大大的身子，弯弯的颈子，还有个尖尖的嘴，多棒！"

我想人生就是如此。最美的、最浪漫的、最被人津津乐道，也最余味无穷的，常看来是错的。

不！人生无所谓对与错，既然是人生，就都是美的。你愈会看，它愈美！

以下七篇，就是以"寻找人生"为主题的文章。

挥别臭皮囊

既然医生把我们的身体当房子修，
我们也可以把它当房子住，
实在老旧得不堪住了，
就搬去下一世的新家……

到医院做直肠镜检查。

“把裤子脱掉，侧着躺。”护士说完，就去推来一台电视。又在下面的机器上,接了一根细细长长的管子。“等着，医生就来了。”

光着屁股躺在那儿，好像听觉变得特别敏锐。这是个专做肠胃镜检查的地方，一个大大的屋子，四周用布幔隔成许多间。

只听见匆匆忙忙走来走去的脚步和病人的呻吟声。

“把下巴抬高一点！抬高一点！叫你抬，你不抬，受罪的是你！”听见一个年轻女人的叫喊，夹着病人的呕吐声。

“哎哟！哎哟！轻一点啊！”另外一边传来个男人的哀求。正听着，医生就进来了。

黑黑的橡皮管，尖端有个小灯，还直喷水。他甩了甩，试了一下，开始“插入”。

才一接触，电视上就纤毫毕现地映出画面。

“很清楚！”我苦笑了一下。

“嗯！”医生继续往里试探。突然，唰一声，布帘拉开，进来一位护士。这边手上就停了下来，两个人聊天，一直聊，还笑。一笑手就抖，我则觉得牵肠的痛，想说他两句，又不敢，现在我是待宰，天王老子到这儿都得乖乖脱裤子。我偷偷看看下身，希望那小姐不会看到什么；又瞄瞄荧幕，里面红红粉粉的，是大肠的肠壁。觉得很无奈，又觉得那荧幕里的是别人。

总算检查完了，感谢老天，没问题。医生一边收管子，一边淡淡地说：“原来打算只作三十厘米，看你不在乎的样子，差不多作了五十厘米。”

我不太懂他的意思，但觉得必是一种恩泽，仿佛买肉时老板多切了二两肉，没算钱。赶紧频频致谢。

想打电话回去“报喜”，看见不远处有个公用电话。

一位中年妇人正在拨，拨通了。

“喂！是我啊，……检查完了……有东西……还要切片……回去了，……我去接他……你也早点回来。”

很轻很慢地挂上电话，又很慢地转身、走开。

我拿起听筒，上面还有她的手温，觉得好重，像是接过她整个的心情。

跟个学生谈到这件事。

“是啊！”学生说，“我觉得医院里的感觉好怪，人进了医院，好像就不再是原来的那个人。”

“好像自己开自己的车子，进修车厂，请他们拆开来修理。”我笑笑。

“对！对！对！我妈就这样，她得了乳癌，我跟她去检查，才进诊疗室，我妈居然一下子就把上衣脱掉，光溜溜的，吓我一跳。妈妈原来不是这样的，她很保守，为什么一下子变得这么大胆。我正在想，突然听到旁边布帘后面啪的一声，接着传来一阵笑。原来是一个病人的塑胶义乳掉在地上，我听见医生、护士，还有病人都在笑。笑什么呢？笑自己的丑态，还是笑命运？”

学生摇摇头，继续说：“陪我妈做放射治疗，在外面等。看见个很漂亮的大女孩，戴着帽子、挂着随身听，好像跟着音乐跳舞，一摇一摆地走进来，自己走上磅秤去量体重，告诉护士。又一把摘掉帽子，露出个大光头。接着看见个妈妈，推娃娃车进来，车上坐个小孩，也没头发，还在头上用粗笔画了格子。小孩手里拿着玩具，一路摇、一路笑。”学生低下头，“我看着看着，好想哭！”又问我，“为什么我都伤心了，他们却不伤心？好像那是别人的事？”

想起父亲直肠癌的后期。

装了人工肛门，所有的粪便，都排进拌在腹部的小袋子。但是原来的肛门，已经因为癌细胞的失控而溃烂，不时流出脓水。

看着母亲为他擦那又脏又臭的脓、看着逐渐凹陷变黑的腹壁。父亲叹了口气，说：

“我讨厌这臭皮囊，不要了！算了！”

四十年来，我常想起他临终的这句话。想那明明是他的身体，他怎么说不要了呢？我甚至有一种感觉，父亲是可以分成上下两半的，上一半说：“我不要下一半了。”

最近有位懂风水的朋友，说了一段话，倒让我有不少领悟。他说：

“多么好风水的房子，都可能变成坏风水，你想想，同一栋房子，一百年不垮、两百年不垮，总有垮的一天。到垮的那天，住在里面的人非被压死不可，还能算好风水吗？”他指了指自己，“我们这个身体也一样，有人天生风水不佳，有人天生风水奇好。问题是，再好，也有垮的一天。所以啊！人死，就是搬家，换个新房、换个新家。到时候，又有一批新邻居、新朋友，多好！”

于是我懂了，许多老人捶着自己的膝盖、肩膀，说：“真想把它一刀剁了。”许多病人看着自己的身体，说：“它太麻烦，我不要了。”

当他们这么说的时候，就是准备搬家。

既然医生把我们的身体当房子修，我们也可以把它当房子住，实在老旧得不堪住了，就跟它划清界限：

“你是你，我是我，我不必一定住在你里面。”

然后，我们一点一点搬、一步一步退。关上不堪用的厨房、卧室，丢掉已经朽坏的四肢、躯干。

最后，我们退出了大门。对那住了几十年的臭皮囊挥挥手，走了。

走去我们下一世的新家。

不怨不悔不回头

人生是一条不归路，
走上去，就回不了头。
过了就过了、成了就成了，
做了已经做了、错了已经错了……

“过去我很爱我母亲，但是现在不一样了。”一个女学生对我说，“我也不是不爱她，而是瞧不起她。”

我一惊：“为什么？”

“我最近交了一个很有钱的男朋友，马上医学院毕业。我妈兴奋得不得了，逢人就说。我气死了，何必呢？八字没一撇，宣传什么？还有一点，我看不上的，是以前我夜里十一点回家，我妈就要骂，现在不同了，十二点回家，她还嫌早，东问西问地，一副希望我再晚一点回来的样子，说得难听点，简直希望我跟人家上床嘛！”撇了撇嘴角，“我尤其不能忍受的，是她每次一边赞赏那男生多好、多有前途，一边说她自己多笨，嫁给像我爸爸那样的人，有时候就当着我爸爸的面骂，何必呢？”十分气愤地说，“有一次，我顶回去，对我妈说‘妈！干脆你嫁给这男生好了！’”

“你这也太没礼貌了。”我讲她。

“老师，您别以为我妈会生气，她才没气呢！她还笑笑，做出一副很撒娇恶心的样子说：‘要是我再年轻二十年啊，我就嫁！’”

开同学会，我说：“某某人为什么没来？”

“这你都不知道？”一个女生说，“我来了，她就不会来。”

“你们不高兴？”

“不高兴了二十多年。”她笑笑，“都怪我给她做媒，把我表哥介绍给她，我也没非叫她嫁，是她穷追猛打，硬嫁给我表哥。”

“这不是很好吗？她该谢谢你这位媒人哪！”我说。

“才不好呢！我表哥家里穷，他刚毕业那阵子，找事又不顺利，后来到一个公家机关，挂名做工友，一步一步混到今天。”

“今天很惨？”我问。

“才不惨呢！他后来出去做生意，这两年发死了。”

“那么她更该谢你了啊！”

“我原来也这么想，有一天还主动打电话给她，她居然狠狠回我一句：‘你不知道我恨你吗？介绍那个浑蛋给我，害我年轻时候，丢足了脸、吃足了苦。’”

到朋友家去，看那女主人正一勺、一勺喂孩子吃饭。五六岁的男孩，皮得很，吃两口就跑开。做妈妈的就一路追，甚至追到桌子底下，把勺子伸过去喂。

一边喂、一边喘气，还一边不停地骂：

“你啊！真是不知福，有这么好吃的，一口一口喂你，还不吃，想想你妈小时候，哪有人喂，连东西都没得吃。”

她的老母亲正坐在旁边，有点不高兴地说：

“当着客人，你说话可得凭良心哟！你没东西吃，又怎么长大的？还长得这么高。”

女主人跪在桌子底下，回过头：

“吃泥巴长大的！”又爬出来，坐在地板上，红着脸说，“你怎么不想想，以前每次爸爸下班，你们都先吃，让我和妹妹在外面跑，根本不管我们。等跑回家，弟弟都吃完了，也没给我们留，盘子里空空的，只有菜汤。”转过身，继续喂孩子，换成温温柔柔的口气，对孩子说：

“还是你命好，连妈都羡慕你，要是妈能生在你这家里，该多好！”

在杂货铺里遇到个熟人，正带着她八十岁的老母买东西。

“买什么啊？”我问老太太。

“甭提了！”那朋友先答了话，“我妈在买乐透奖的彩券。”

果然就见那老太太拿着笔，一格一格地圈选她要的数字。

“您这么大年岁，还想发财呀？”我笑着对老太太说。

“谁不想发财？我当然也想发财。”老太太转身，一副理直气壮的样子，“发财买点我爱吃的、爱穿的。”

她身边的女儿很不高兴地插话：“妈。您缺什么啦？”

“我缺钱！我缺钱！这辈子都缺钱。”老太太没好气地，拿起拐杖往前走，“儿女有钱是儿女的。我穷了一辈子，到老，心不甘。”

带着尴尬的笑，看着那一对母女，好像还一路斗嘴的背影，也让我想起我的母亲。

八十九岁了，每次提到台北，她还总是说：“真后悔，要是当年南京东路的房子不卖，现在要值多少钱哪？”

❧

每个人的一生，都会有怨。怨年轻时，美丽的衣服没能好好展示几回，就换上厨房的围裙，一换几十年。

怨年轻时的婀娜身材，没在舞池上走过几步，就走进一个男人的怀里，为他生一堆儿女，变成了水桶腰。

怨少年时的梦想，先被联考给杀掉了半边，又被婚姻杀掉了半边，到老来，有了钱、有了闲，却没了梦。

只是，每个人不是都这样活过来了吗？曾经爱过、恨过、拥抱过、挣扎过。从蹲在地上扇火、点煤球炉子，到今天用瓦斯、电炉、微波和烤箱。

艰苦的岁月，随着经济的起飞，而沉在时代的深处。何不让那深处的记忆，就这样淡淡远去？看着孩子，能在自己打拼之后，不再遭遇辛苦的日子，何不好好感恩？

人生是一条不归路，走上去，就回不了头。

过了就过了、成了就成了，做了已经做了、错了已经错了。

这是我们的生命，何必怨？何必悔？何必回头？

再给他一个明天

如果在伟人和小孩之间，
非要有一个被处死时，
到底应该让哪一位不死？

多年前曾经带着儿子，到中国大陆，做了一个月的旅游。我们去了内蒙古、去了包头、去了一望无际的黄土高原，登上“天下秀”的峨眉金顶，也看了一波如镜的云南滇池。但是，直到今天，最让我们难忘的，却是桂林。

那也不是桂林的山水，而是漓江江畔的一幕。

夜深了，我和儿子走出旅馆，走到江边，打算参加夜游漓江，看鱼鹰捕鱼的活动。

前一班船刚出发，下一班还得等半个多钟头。我们重新走回江边的马路，突然听到不远处传来一个奇怪的、微弱的声音。

鬼魅昏暗的水银灯下，一个黑影正向我们招手。那也不是招手，而是挥动着空空的袖管。

我们盯着他看，他并没有向我们移动，因为他没有双腿，像是一根细细的木头桩子，上面顶个瘦削的头颅，身下是一块装了四个小轮子的木板。

虽然只见那空袖管里一截小小像手的东西，在摇动，又听不清楚他咿咿呀呀说些什么。我和儿子都知道，他在向我们乞讨。

我们的手插在裤袋里，摸着里面的钱。万里河山，一路行来，已经不知送出多少钱。我们曾在儿童节，到街上送糖果，也曾在四川乡间，被一群拥上来的老人，差点剥去身上的衣服。

但是，此刻，我们僵在了那里，呆呆地、冷冷地，看着二十尺外的那个“人”，然后，我们转身，快步穿过马路，回到旅馆。

我们没有再去夜游，只是呆坐着看电视。过了许久，我问儿子：

“怎么样？你有什么感觉？你为什么没给他钱？”

“你又为什么没给？我看到你在摸钱！”

往后的日子，我们常提到“他”。每一次提到，都像回到漓江江畔，不敢、又不能遗忘地面对“他”。

“那样活着，有什么意思？那简直是一种错误的存在！”这句话，我们都没有说，也都说了。

多年后，我去一个照顾重度智障儿的启智中心，看我正在那里担任义工的儿子。

儿子为我一一介绍。不到一个星期，他已经能叫出每个孩子的名字。他带我走到脑性麻痹儿童的教室，正有一位老师，在喂一个孩子吃麦片。

那孩子非常瘦削，几乎像是皮包骨似的缩在轮椅里。实际上，她是被绑在上面。

“已经好多了，她过去只能喝牛奶，经过我们努力，终于能吃麦片和布丁。我们不得不把她固定，因为她没法控制自己的四肢，会伤害自己！”老师说。

我也看到一个眉清目秀的男孩子，直挺挺地躺着，老师正为他按摩四肢，并试着让他坐起来。我过去帮忙，发现他全身僵硬得像块木头，他竟然因为不能弯腰，而一生不曾好好坐过。

坐，这最简单的事，对这孩子来说，却是一种奢望！

最后，我们走进办公室，胖胖的白发主任抱来了许多饮料，又问我们要不要喝咖啡。

“谢谢了！”我起身，“我们还是快点去办活动，为这些孩子多募点钱吧。”

和儿子走出大门，突然想起漓江，想起那夜，我们匆匆穿过马路。我突然了解，为什么许多慈善团体钱多得用不完，又有那么多重度残障、贫苦老人和植物人的照顾中心，穷得难以为继。

因为，我们都希望丢出去的钱，能像丢出去的石子，听到回音。

看！那个得绝症的孩子，因为我的帮助而痊愈了！

看！那些轻度残疾的孩子，因为我们的教育，而能自己就业，自力更生了！

看！那些遭遇洪水的人，因为我们的捐助，而重建温暖的家园了！

这是多么快乐的回馈啊！岂像是那些濒临死亡的老人、已经半死的植物人和一辈子连鞋都不会穿，只是混吃等死的重度智障人？

如同漓江边的我们父子，我们不是没有爱心，也不是不想帮助他，但是看着、看着，我们居然都没有行动，仿佛在赞助一个“安乐死”。

我常想，存在是为什么？是为了“生活的目的，在增进人类全体之生活；生命的意义，在创造宇宙继起之生命”，还是仅仅为了“存在”。

存在！即使一天、一刻、一秒，也是值得的。存在，只是为了知道我存在，只是为了看看、体会一下，这存在的感觉。

我们要继续存在，看看明天会是什么样子。于是每一天盼望另一个明天，直到没有明天的明天。

读古人章回小说，当强盗杀人时，讨饶的人总会哭喊着“我上有老母，下有妻儿”。那强盗也就可能动了恻隐之心，想想那人的存在不只为他自己，且有许多未尽的责任，而放他条生路。

可是好几次看政治绑架的新闻。绑匪为了逼官方接受条件，每隔多久便杀一个人质。却发现他们是由那最老的人质下手。

难道他们是想：“你够老了！在这世界上也活够了，就先死，让那些连婚都没结过的小伙子，多活些时日吧！”

于是，没有妻儿待养，最没责任的小伙子，很可能因此而逃过一劫。

我便想，如果在伟人和小孩之间，非要有一个被处死时，到底应该让哪一个不死？

选那伟人，因为他最有贡献，生命的价值更高？抑或选那孩子，因为他才来人世不久，还没活够，理当给他机会，多看看这个世界？

又何必管那孩子能不能伟大？会不会成为另一个土匪？或是可能得病，活不了几年，就会早夭？

对生命的尊重，不建筑在这生命可能有的贡献，而在于他是一个生命，有资格存活在这个世界。

接到“基督徒救世会”的信，一个漂亮的小娃娃，躺在彩色的玩偶之间。手细细的、皮肤白嫩嫩的、眼睛闪亮亮的！

信上的标题却是：

“小婉儿，可以为你唱生日快乐吗？”

那是个十一个月大的早产婴儿，因为“坏死性肠炎”，不得不被切去绝大部分的小肠。一般孩子最少要有一百厘米小肠才能吸收足够的养分，这小婉儿却只有五厘米。

任何食物，一出了胃，几乎完全没被吸收，就排出了体外。使小婉儿终生必须依赖静脉注射高蛋白营养液，才能维持生命。

无力负担的双亲，终于不得不把小婉儿交给“末期安宁照顾”。“安宁照顾”，是指给予生命在末期的绝症者，一个温暖、亲切的环境，使她能安详宁静地走完人生的旅程。

这么一个小小的生命，才学会睁开眼，用她的好奇心，看看这个世界的孩子，居然就将走到生命的终站。

没有人保证，这十一个月大的小婉儿，能不能度过第一个生日。没有医生能保证，这生命还有明天。

想到已逝歌手薛岳临终演唱会的那首歌——

《如果还有明天》。

每个生命，都会有“没有明天”的一天。但是对某些人而言，他们一生也盼不到几个明天。

只因为他反正无望，就不必帮助，帮他也是枉然，而放弃他呢？还是正因为他看到的明天太少，而应该优先地拥有明天？

给他明天！不要问他明天还有没有明天！

给他尊重！不因为他的成就，只因为他是一个可爱的生命！

最真实的快乐

快乐，何必往远处想？
快乐，何必记一辈子？
快乐很难永恒，
只有现在的快乐最真实。

跟妻计划去意大利旅行，六岁的小女儿也吵着要同行，拗不过，只好答应了。

倒是旅行社老板有了不同的意见：

“何必呢？带个小孩子。六岁能记得什么？长大全忘了。结果，你们不是去度假，是去带孩子，比在家还累。”老板笑道，“等她大了，能记一辈子的时候，再带出去，才有道理。”

把小丫头交给外公、外婆，我们两口子到了意大利。旅行团共三十人，望过去，一片白发。只有几个年轻人，陪着老父老母出来玩。

有位银白头发的老太太，总不记得我的名字，却总追着我说话。在威尼斯坐小船（Gondola）出去的夜晚，船上的歌手唱着“桑塔露琪亚”，她却对着我耳朵不断说五十年前的往事。

“我妈只记得几十年前的往事。”她女儿偷偷讲，“她今天早上居然问我，为什么不是在家里。又问，我们是不是离开家了。我说：‘我们已经到威尼斯三天啦！’她居然一愣，说：‘威尼斯？好熟的地名！’所以我相信，她是一边玩、一边忘。不过只要她现在快乐就好了！”

她的老母，倒使我想起一位同学的老爸。

据说那位老先生，每天上“大号”的时间特别长。我的同学并不操心，因为厕所里总会不断地“报平安”。

老先生一边拉屎，一边看笑话书，不断把笑声从厕所里传出来。

“你要准备多少笑话书给他看呢？”我问那位同学。

“哈哈！一本就足够了！他每天看、每天笑，笑完就忘。忘了又看！”叹口气，“唉！他老了！放手就忘，不过只要他‘当下快乐’，就好！”

小时候，每次月考完，我都会去看场电影。但是每次电影散场时，我又觉得好难过。

感人的情节过去了，笑完了、哭完了，灯亮了。随着人群离场，想到考试的情况不怎么样，想到隔天可能发考卷。那种加倍的感伤，我至今难忘。

但是，每次考完试，我仍然要去看电影。因为至少，在看的那两个钟头，我很快乐。

或许饮酒扯淡，也是同样的道理吧！

有个在商场打拼的朋友，每天急着赶三点半。头寸调不出的时候，四处求爷爷、告奶奶。可是，债主晚上找他，常不在家，在酒馆里。

“白天差点就断头了！你居然还有闲情去喝酒？”借

钱给他的朋友骂道。

“白天差点断了头，晚上还能不放松一下吗？再不放松，我就真要断头了！”那人笑吟吟地回答，“我总得让自己快乐一下吧！”

电视访问骑马摔伤，造成全身瘫痪的“超人”主角克里斯多夫·李维。

在电影里高大英挺的李维，一下子缩小了，他苍白着脸，勉强作出笑容说：

“当我逐渐恢复意识的时候，第一件想到的，就是去死。大家何必救我呢？为什么不让我死掉算了。”

但是，他接着说，在看到妻儿的时候，自杀的念头就消失了。

隔天，遇到一位残障朋友，刚参加残障运动会回来。

“李维说得很对！”他说，“我也想过寻死，所幸，后来能不想，就像我参加比赛的时候，我的轮椅，成为我的腿，我根本忘记了自己不能走的这件事，唉！”他扬起眉，看着窗外，“何必想得太多，只要现在不去想，现在快乐，就好！”

大学时代，演过姚一苇先生写的《红鼻子》舞台剧，我做主角，扮个出身富裕，又娶了美丽妻子，却偷偷跑去杂耍班的小丑。

多半的台词都忘了，倒有一幕，记得很清楚——我走到舞台边，背对着我的“妻子”。她追过来，逼着问我：“你快乐吗？”

自从演那出戏，我也就常问自己：

“我快乐吗？”

什么叫作快乐？不愁吃穿是快乐，长命百岁是快乐，儿孙满堂是快乐，抑或富甲天下是快乐？

只是富甲天下、锦衣玉食、长命百岁之后，又是什么？

所有的快乐，都不能经过省思、都很难往远处想。

那么，什么是快乐？

想了几十年，而今，我却在旅行团那位老太太的身上，找到了答案。

看她！在女儿的搀扶下，走进一个个古迹，又走出一个个古迹，不断地点着头，说些让人难懂的话。

她的女儿很少讲话，只是每隔一阵，就在老人耳边喊着问：

“你快乐吗？（Are you happy？）”

“吔！吔！”老人挤出一脸皱纹，笑着，像个孩子。

快乐，何必往远处想？快乐，何必记一辈子？快乐很难永恒，只有现在的快乐最真实。

人生是由许多苦难与欣喜交织成的。只要这一刻忘掉苦难，在痛苦与痛苦之间，有那么一点“当下的快乐”，就是多么美好的事！

漂泊者的故乡

有人总盼着归乡，
有人常盼着离乡。
归乡是去寻找自己的故乡，
离乡是为子女创造另一个故乡。

守土

到阿拉斯加靠近北极圈的费尔班克去，偌大的巴士里，只有我这么一位乘客。

窗外除了远处仍然覆着白雪的山头，四面望去全是杉树林，那些树又都长不大，好像上面有力量压着，全不到五米，就停住了。

“树长不高的！上面是雪、下面是冰，虽然是夏天，往下挖，没几尺就是冰冻层了。”中年的女司机对我一笑：“一年只有四个月不下雪。”

“在这儿生活，寂不寂寞？”我问她。

“不寂寞，我有八个孩子。从十七岁开始生，现在老大都三十了。”她又回头一笑，“下月抱第七个孙子。”

“他们都到南边去了吧？”

“不！全在费尔班克。”

“没一个到美国本土去？”

“去玩过，都回来了，受不了外面的拥挤和吵闹……还有污染。”突然发出一串大笑，“信不信？这里是天堂，一个鸟不生蛋的天堂。天堂不一定是沃土，沃土不一定是天堂。”

离乡

想起二十多年前到兰屿。一个十几岁的少年，站在我旅馆前的溪边刷牙，六七个穿着丁字裤的雅美族人蹲在旁边，目不转睛地看。

“他们为什么盯着你看？”我问那少年。

“他们没看过牙膏，奇怪为什么我嘴里会冒白泡。”少年回答。

他是兰屿中学的学生，暑假刚从台东打工回来。说到台东，就眉飞色舞；提到打工，又唉声叹气：

“在凤梨罐头工厂打工，好苦啊！手好痛，被凤梨刮得一条一条，还要一直做……”“还是留在家里好。”我说。

他突然抬头，又把脸撇向一边：“不！家里不好，我一毕业，就要去台湾，不再回来。”

多像意大利电影《新天堂乐园》的画面哪！

放电影的老师傅受了伤，把工作交给总在一旁偷看的少年，却又有一天，对少年说：

“走！走得愈远愈好！不要再回来。”

也多像一位老画家，最近在接受访问时说：

“我小时候，家乡很穷，我恨那穷，也恨我的家乡，从那时候，我就决定离开家，立志将来要有钱，再也不回去。”

守土

电视上转播奥林匹克的体操赛。特别为夺得男子团体金牌的苏联队名教练阿卡耶夫（Arkayev）作了专题报道。

二十多年来，阿卡耶夫为苏联训练出许多体操名将，一个个拿到奥运奖牌，一个个移民欧美。

对欧美这些富裕国家，争取顶尖好手“入籍”，是他们不遗余力的事，只要想跳槽，几乎立刻就能办成。

于是那些跳槽的选手，一个个换了护照、拿了高薪、住了华厦、代表了其他国家出赛，或担任其他国家的教练。

但是，阿卡耶夫仍然留在苏联，住小小的房子、拿一千美元的月薪。

“谁说苏联穷苦、没前途？”阿卡耶夫在电视上说，“我就爱她。”

现场转播，也特别拍摄了以前受教于阿卡耶夫，而今代表其他国家参赛选手的画面。

镜头运用得很妙，远远带到阿卡耶夫不时抬头远眺“老学生”的特写。

老学生从平衡木上摔下来了。

阿卡耶夫的脸色一震。

我不知道他的感觉，是喜、是悲？还是再一次失落？我也猜想，阿卡耶夫会不会心里暗骂：“谁让你不留在自己的土地上？”

༄ 离乡

十年前认识了一位从苏州来的青年画家，抱着一沓作品四处兜售，画的都是“水乡”。氤氲的水汽、蒙蒙的雨丝、撑着伞的村妇，在青瓦白墙的杏花村里，美极了。

隔两年，又遇到他，画价涨了不少，画的依然是“杏花春雨江南”，用的依然是宣城纸、徽州墨，只是感觉差多了。

“离开小时候长大的土地，只好拿以前的旧稿子改造，‘空想’总不如‘眼看’的变化多。”画家倒也坦白。

最近逛画廊，又见到他，江南的雨景成了纽约的高楼，凄迷的水色成了十里红尘的灯火，透过水墨的技巧，把纽约的风景画活了。

“我找到了另一块土地。”他得意地说，“何必执着在一个地方？”

༄ 离乡

在由安克拉治到第那里的火车上，认识一对夫妇。

“你从哪儿来？”那太太问我。

“从纽约。”

“哦！”她迟疑了一下，“我是问你的故乡在哪里？”

“我是从台湾来的。”我说，接着问她：“你从哪儿来？”

“安克拉治。”

我也笑笑：“我也是问你的故乡。”

她居然一愣，回头看看她丈夫，说：“我爸爸是空军，我先生也是空军，过去三十年，我搬了十九次家。所以，我，我没有故乡。”

“那么你最爱哪里呢？”

“我最爱我现在住的地方，家在哪里，就是我的‘家’乡。”她把“家”讲得特别重。

归乡与离乡

故乡就像母亲，有的人会守着母亲一辈子。有的人小时候虽然爱妈妈，到了叛逆期，却看母亲不顺眼，急着离开家。也有人在孤儿院长大，从来不知道母亲是谁、家在哪里。

我常想，到底是那“安土重迁”，守着故土一辈子的人对；抑或“志在四方”，早早就离乡背井、出去打天下，甚至一辈子不再归乡的人对？

“故乡”，英文说得好，是 hometown 也是 birthplace，家在哪里，哪里就可以是故乡；生在哪里，哪里就是故乡。

每个人都有故乡，每个人的故乡都不一定是父母的故乡。正因此，我们才不住在“周口店”；也正因此，世代的人类，才会东西南北地漂泊，创造了多样的文化。故乡，本来就不该执着在一个地方。

有人总盼着归乡，有人常盼着离乡。归乡是去寻找自己的故乡，离乡是为子女创造另一个故乡。

这世上有几人，知道他的祖先是从哪里漂泊来？

这世间有几人，知道他的子孙将往哪里漂泊去？

只知道：

在这漂泊与漂泊之间，我们有了家。

对于漂泊者而言，上一个家，就是故乡。

人生何处有闲情

妻子醒过来，看着在昏迷中，
却鼾声大作的丈夫说：
“他一定以为自己死了，
跟他一辈子，第一次见他睡得这么熟。”

晚上去看病，等了近一个小时，才轮到。

“我有点发烧、有点恶心，肚子有点痛……”

没等我说完，医生已经低头开药。

“要不要听听、摸摸，肚子里真是怪怪的。”我不安地问。

“也好。”他叫我躺下，左边敲两下：“胰脏没问题。”右边又按两下，“肝也没肿大。只是肠子发炎，吃两天药就好了。”又补了一句，“你放心啦！”

走出诊所，已经是九点半，大概心情放松，原来隐隐的疼痛居然消失了。人到中年，常有这个“心病”——

胸一痛，就以为是心脏病；头一疼，就以为得了脑瘤：肚子一不舒服，就以为有了癌症。

也就在每次医生“轻判”之后，有一种绝处逢生的“大欢喜”。

商店的铁门纷纷拉下了，四处传来哗啦哗啦的声音。骑楼下的灯光渐暗，地面却忽高忽低，使我不得不有“夜里登山”的小心。

迎面走来一个个黑影，都是背着大大书包的中学生。或许每天夜路走惯了，只见他们低着头向前冲，连脸都不抬一下。

突然眼前一亮，是个迟未打烊的小店。里面一片绿，有带着“壳”的椰子、成簇的万年青、立着假山的盆景，还有一些不知名，却美极了的小树。

门右一个日本式的“流泉”。水注满了，竹筒就垂下，再“咔”一声，弹回原来的位置。池里有小小的白石，在冷冷的水花中，好像不断游动的小鱼。

门左一个用老树根雕成的台子上，放着一只特大的葫芦，上面挖了好几个小洞，每个洞里都垂着一大片翠绿的小草。

不知是不是在那种特别的灯下，所有的绿都明艳得像是从里面透出光来，让我几乎看呆了。

“等一等！爸爸看一眼。”背后传出一个中年男人的声音和一个大女孩不耐烦的催促：“快点啦！回家啦！还要做功课……”

男人一边点头，一边慢慢转身，一面喃喃地说：

“等你上了大学，爸爸也要养几盆……”

应马来西亚华侨社团的邀请去演讲。

接我的年轻人直道歉：“对不起，陈主任去美国参加两个女儿的毕业典礼，不能来接您，但是明天就回来，会亲自送您去演讲的地方。”

“陈先生很可爱，我觉得我跟他个性很像。”

“是吗？他是开车到岔路，还不能决定走左还是走右的人。”

“我也一样，所以说像。”我笑道。

“您知道吗？陈先生从女儿大学毕业，个性就变了，整个人变得轻松了，更可爱了！”看看我，“您见到他，就知道了。”

第二天，果然由陈先生来接。

他一面开车在高速公路上奔驰，一边指手画脚地形容在美国见到的一切：

“有一天，我和我太太走到公园里，看见满地的小黄花，是蒲公英吔！好美啊！我以前从来没看过蒲公英，马来西亚好像没有蒲公英……”

我笑了起来：

“我怀疑这世界上，会有哪个地方没有蒲公英，说不定现在的路边就有。”拍拍他肩膀，“我想是因为你有了闲情，是闲情让你看到了小草花。”

“对！对！对！闲情。”他也笑笑，“我以前连坐飞机，都不夫妻搭同一班，唯恐失事，对孩子没个交代。家里穷，几十年辛辛苦苦赚的钱，全存起来，总算让两个孩子出国，念毕业了。”又点点头，“对！那是闲情，到老，才有的闲情。”

记得以前，妻做大学入学部主任的时候，回来常说：

“那个老太太，又出错了，她一定得了老年痴呆，总把档案放错地方，不但自己不记得，别人帮她找出来，她还死不认错……”隔一下，她又总是苦笑地说，“不过我们都能谅解她，因为她的小儿子在学校念书，她四个孩子都是我们这儿毕业的。谁都知道，她小儿子毕业，她也就毕业了。算算她做的这十几年，薪水虽然不多，可是孩子的学费全免，加起来也就不少了。”

她的小儿子毕业了。

果然，她也毕业了，立刻递上辞呈。

又过不久，传来她的死讯，其实那病她早知道了。

看三船敏郎演的《红胡子》，一个苦得活不下去的男人，喂老婆和几个孩子吃毒药，说要带一家人去一个乐土。

红胡子拼全力救回两个大人，孩子却死了。

妻子醒过来，看着在昏迷中，却鼾声大作的丈夫，幽幽地说："他一定以为自己死了，跟他一辈子，第一次见他睡得这么熟。"

我震惊了。

多么淡的一句话，又是多么沉的一句话。

生命到底是不能承受之轻，还是不能承受之重？

小时候，我们背着大大的书包，为自己前途忙；长大了，背着一家的重担，为孩子忙。

连驻足看看盆栽的时间都没有，连路边的蒲公英都见不到。每一次有点病痛，眼前浮现的不是死，而是一家人。

难道只有当某一天“往生”了，才能做个轻松的梦？

昨天，我没去看病，也没写稿、读书、作画。

一个人，晚上，溜进那家种满小草、小树的小店。

坐下来，跟店主聊聊，还喝了两杯老人茶……

后记

只有在苦难中挣扎之后，
才能得到超脱的喜乐。
那超脱的喜乐就是天堂，
即使到了天堂，
我们仍应该有「解救诸苦」的人生观。

认认真真过一生

从《爱就注定了一生的漂泊》《生死爱恨一念间》《离合悲欢总是缘》《把握我们有限的今生》《生生世世未了缘》，到这本《寻找一个有苦难的天堂》，已经是六个年头了。

过去六年间，我的女儿由初生的婴儿，到小学二年级；我的儿子由高中三年级，到硕士班毕业；我的妻子由大学入学部主任，到退休的家庭主妇；我也由圣若望大学的驻校艺术家，成为水云斋的负责人。

女儿的成长，使我意识到她终将走向她的世界，不再是我怀中的小公主。

儿子的成长，使我看到自己当年的影子，知道他将面对许多人世的沧桑。

妻的退休，使我有了更温馨的家庭生活，知道最后只剩下身边的老伴。

我的漂泊，使我对时空的变迁，有了更大的感伤，也更珍视眼前的一切。

展读过去六本所谓“深情”的作品，才惊觉自己的心境有了不少转变。一位中年朋友对我说“我是你的忠实读者，也随着你一起老去”。有位年轻朋友则在信里说“谢谢你，从我老爸看了你的书，就不再像以前那么现实”。

我对前一位朋友说：“我们都没有老去，只是经过岁月的历练，变得更豁达。”

我对后一位读者说：“其实我也很现实，我是现在真真实实地活着。”

这使我想起，有一次在金石堂义卖有声书时，一位朋友对我说："你活得很认真。"

我好喜欢那句"认真"，他说中了我，我的生活哲学没什么大道理，只是认认真真地活着。面对白也面对黑，白就是白、黑就是黑；我很平凡也很勇敢，勇敢地面对眼前的一切，也在作品中说出这样的感触。

我很强调平凡，我觉得这世上没什么圣人、伟人，每个人都是人，每个人都很平凡。正因为这平凡，使我们能彼此学习、互相超越；也因为这平凡，使我们能感触彼此平凡的情感，且在那平凡情感中发现可歌可泣的东西。

这本书充分反映了我现在的人生观。逐渐把心放开、把眼光放远，以宽阔的态度面对下一代的成长。他们会是"筷子拿得远的人"，将来走到世界的另一头；他们也可能"找个没有白马的王子"，创造美丽又富足的一生。

对于爱情和婚姻，我有了较豁达的看法。"美女爱野兽"没什么不对；"当你心碎的时候"，可能是最美的时候；

“当夫妻不再同床”，可能又是一番境界。而老伴毕竟是老伴，能守着、做个伴，就够了。

对于人生，我认为世界属于每个人。任何地方都能成为“漂泊者的故乡”，“最真实的快乐”是当下的快乐，最美的时刻是“人生何处有闲情”。面对一生，既然无法再来一次，就要做到“不怨、不悔、不回头”。

对于两性关系，我强调了男女平等，认为娘家、婆家一样重要，“初夜落红”不是衡量贞操的唯一方法。

对于老年人，我觉得他们就像孩子，年老是条不归路，每个人都要坦然面对、“坚持到底地活下去”。

对于残障人，我认为对生命的尊重，不建筑在这生命可能有的贡献上，而在于他是一个生命，有资格存活在这个世界，所以我们应该“再给他一个明天”。

《寻找一个有苦难的天堂》，这个书名在“自序”中已经作了解说。那是我历来对自己的“人生观”“价值观”

和“道德观”最大胆的告白，也是全书的思想中心——

敢于面对人世苦难的人，才不负来此一生。也只有在苦难中挣扎之后，才能得到超脱的喜乐。

那超脱的喜乐就是天堂，即使到了天堂，我们仍应该有“解救诸苦”的人生观。

愿人人都能上天堂，更愿大家都能把这个苦难的“今生”，看作一个“有苦难的天堂”。